SV

edition suhrkamp
theater

Schwejk?
Es gibt in der Weltliteratur Helden, die ihren Büchern entstiegen sind und ihr eigenes Leben führen, unabhängig von ihrem Autor und dessen Sujet. Einer von diesen Helden ist der von Jaroslav Hašek erdachte Schwejk. Werner Fritsch hat den Titel seines Volksstücks mit einem Fragezeichen versehen. Man ahnt: um eine Adaption des Hašek-Romans kann es sich nicht handeln. Uraufführung am 14. Februar 2003 am Landestheater Linz; Regie Gerhard Willert.

Hydra Krieg
Werner Fritsch schreibt den Medea-Mythos neu und setzt den Akzent auf Jason und die Argonautenfahrt. Gleichzeitig versucht er, mit dem Text ins Zentrum einer terroristischen Attacke vorzudringen, die über den 11. September hinausweist. *Hydra Krieg* ist der kühne Versuch, Archaik und Aktualität zu verbinden.
Uraufführung am 18. Oktober 2003 am Landestheater Linz; Regie Gerhard Willert.

Werner Fritsch
geboren 1960 in Waldsassen/Oberpfalz. In den Jahren 1980 bis 1984 widmete er sich als Autor, Regisseur und Darsteller dem Aktionstheater/Performances. 1987 erscheint sein Roman *Cherubim*, der mit großer Aufmerksamkeit und mit Preisen bedacht wird. Seitdem zahlreiche Prosaveröffentlichungen, Theaterstücke, Hörpiele und Filme. Zuletzt erschien *Hieroglyphen des Jetzt,* ein Materialienband zu seinem Werk.
Werner Fritsch lebt zur Zeit in Hendelmühle und Berlin.

Werner Fritsch
Schwejk?
Hydra Krieg

Stücke und Materialien

Suhrkamp

edition suhrkamp 3437
Erste Auflage

Originalausgabe

Satz: Jung Satzcentrum, Lahnau
Druck: Nomos Verlagsgesellschaft, Baden-Baden
Umschlag gestaltet nach einem Konzept
von Willy Fleckhaus: Rolf Staudt
Printed in Germany
ISBN 3-518-13437-X

1 2 3 4 5 6 – 09 08 07 06 05 04

Inhalt

Schwejk?

Da eine Neuschreibung des SCHWEJK kaum möglich gewesen wäre – ohne das Original, das sich in unseren Köpfen festgesetzt hat, platterdings zu kopieren und zu transponieren, habe ich das Schwejk-Prinzip im Grunde auf drei Figuren verteilt: in der Hauptsache auf Wenzel, der den parzivalhaft tumben Aspekt Schwejks verkörpert, auf Courasch, die den pikaresken Aspekt der Figur verkörpert und durch deren Gegenwart Wenzel auch immer gewitzter und frecher wird – und auf Häcksler, der den derben und durch Überaffirmation ungewollt anarchischen Aspekt Schwejks ins Spiel bringt.

Werner Fritsch, Hendelmühl, September 2002

Figuren:

Der Wenzel *anfangs alter Mann, der hinkt, sonst entsprechend jünger*
Die Courasch/(Das schwarze Weib) *anfangs eine alte Roma-Frau, sonst jünger, sehr fesch*
Der Eckstein/Der Häcksler *irgendwo zwischen 30 und 40*
Der Baptist Sturm, *bärtig und langhaarig*/**Der Papst Pius/Der Kellner** *irgendwo zwischen 30 und 40*
Das Weib *immer zwanzig Jahre älter als Wenzel*
Der Photograf* Weiss/(Der große Ohrenneger)/Der Herrgott *irgendwo zwischen 30 und 40*
Der Bauernsohn Hirnet/Der Doktor Braun/Der Aufseher Hirnet/Der Hiltler/Der Tod *mal eher 20, mal eher 40*
Der Lehrer Schwarz/Der Pfarrer Roth *mal eher 30, mal eher 50*
Die Bäuerin Hirnet/Der Papagei Cora *um die 40*
Der Bub/Das Wernerl *um die 8, Sohn von Wenzel und dem Weib/Sohn der Hechtmühle*
Die Puppa *um die 8, Tochter von Courasch*
Der Fabrikant/Der SA-Rottenführer *Mitte Vierzig*
Die Fabrikantengattin Lea/Die Sprechstundenhilfe *Mitte Zwanzig*

Sowie:
Die Sicherheitspolizei, die Kommunisten, die Arbeiter, das Festvolk, die Bedienung, der Huberbauer, die Huberbäuerin, die SA, die SS, die Huren, die Courasch-Kinder, die Gefangenen, die Pfarrköchin

Stimmen:
Chor der Vögel
Chor der Kommunisten/Chor der Gefangenen/Chor aus der Hölle

* *Schreibweise des Autors*

Zeit: Immer wieder jetzt

Ort: Friedhof der Fernseher – sprich: Die Welt: als Projektionsfläche für: Jenseits-Filme

Die Sequenzen JENSEITS DES TODES finden auf dem Friedhof der Fernseher statt. Dämmerung. Mit der Zeit erkennt man: daß auf jedem Grab statt der Lichter und Blumen ein Fernseher steht.
Wenzel wird im Stück immer wieder auf diesem Friedhof der Fernseher zugegen sein und von Grab zu Grab gehen: Mal ist im Fernseher nur weißes Rauschen, mal bleibt die Mattscheibe schwarz und nur die Stimme der/des jeweiligen Toten ist zu vernehmen ... Mal sieht man, wo der Gestorbene unterwegs ist im Jenseits ...
NOTA BENE: Falls die/der Verstorbene nicht an die Ewigkeit geglaubt hat, erzählt Wenzel, was er auf dem jeweiligen Grab-Fernseher sieht oder aus der Verstorbenen Leben erinnert.
Falls der Verstorbene noch Bilder aus seinem Leben sieht, hört man seine Stimme aus dem Grab-Fernseher.
Wofern die Verstorbenen jedoch an ein Jenseits geglaubt haben, sieht man am Bühnenhintergrund Filmbilder in den Endlosschleifen der Ewigkeit: die die oder den Toten im Paradies, im Fegefeuer, in der Hölle (unserer Gegenwart) zeigen, umhüllt von der Pest der Phantasmen.
Ist das Jenseits nicht die einzige Legitimation für Film auf dem Theater, ja für Film überhaupt?

VORSPIEL
JENSEITS DES TODES

Friedhof der Fernseher.
Dunkel. Photoblitz, sehr hell, gegebenenfalls als Feuerflamme. Von lautem Donnern begleitet. Die Bildschirme auf den Gräbern flackern auf – und es schneit auch auf die Bühne vom Schnürboden herab.

Der Photograf
Und da war nichts im Anfang. Außer Schwarz.
Aber ein weißes Rauschen ist allüberall in der Welt.
Im ewigen elektrischen Schneien. Weil der Winter jetzt gesendet wird.

Der Wenzel geht im Schneetreiben herum, im Graublaugeflacker zwischen den Gräbern. Im Hintergrund schüttet die alte Roma Courasch Zwetschgengeist auf ein frisches Grab und murmelt Gebete in ihrer Sprache, die wie Zaubergemurmel klingt.

Der Wenzel *für sich.*
Ich hab es oft und oft gesagt, daß es geheime Kopfinschriften gibt.
Im Rausch hab ich mich da wie oft erst hineinäugen trauen:
Vor uns hat es den Herrgott gegeben. Und die Gottfrau?
Weiß der Teufel, wo die hin ist? Und warum die jetzt fort ist.
Spurlos verschwunden aus dem heiligen Grund. Und aus den heiligen Wegen.
Und so weiter. Und so weiter. Und so weit fort.
Und dann sind Cherubim gekommen, und wir sind dann gekommen.
Und es kann zu allen Zeiten ein paar Dinger schon gegeben

haben. Trumm Dinger meinethalben. Mordsdinger dagegen! Was das auch für Mordstrummdinger gewesen sein werden! Macht sich kein Mensch eine Vorstellung.
Weils durch den Abfall keinen Platz mehr gibt. Durch den Abfall von Gott.
Und jetzt ist auch vor Menschenabfall alles voll auf Erden.
Schließlich sind die Dinger noch abgefallen von den Menschen wiederum. Und haben die Dinger allerhand so Zeug bereits so treiben können.
So Zeug wie Strom zeugen, Kaffee kochen, über den Heiligen Geist sprechen, in Kirchen chorsingen, ja in Kirchen kommunizieren. So Zeug weiß ich aus Kopfinschriften!

Die Courasch murmelt vor sich hin.

Der Wenzel *für sich.*
Und Mordsfernseher sind aufgetreten am End. Wo weggesendet worden ist die ganz Welt in ihnen. Und sie selber sogar. Schwupps! Und fort! Radiputz fort!
Weggeputzt von dieser Welt!
Und jetzt sind sie da. Wie die, wo da Zwetschgengeist gießen tut auf ein frisches Grab. Wir sind jetzt da, wo auf jedem Grab ein Fernseher stehen tut. Wo man so sieht, wie der Tote jetzt leben tut. Wie er sich aus seinem Grab erheben tut.
Wer geglaubt hat, tjuchhu! Wird prompt aus dem Himmel gesendet. Wie ich.
Zeitlebens in der Gewalt gewesen. Von der Ewigkeit. Zu allem Glück!
Oder ist samt wehem Fuß. Unterwegs in der Höll allweil.
Wer nicht geglaubt hat dagegen! Dem sein Fernseher bleibt schwarz auf ewig! Gute Ruh!
Es ist schon wahr so, wie es geschrieben steht in meinem Kopf bereits: So wie eines war, so wird alles im Fernseher vom Jenseits gezeigt. Und wie in einem Farbfilm gesendet vom schwarzen Loch. Wo in Wirklichkeit kein Grab ist.

Noch bin ich einsachtzig über der Erden. Und das ist das Glück!
Und das soll anders nicht werden.
Auf ewig!

Der Wenzel
kommt ans Grab des Kommunisten Eckstein.
Warum sieht man in deinem Fernseher nichts, Eckstein?

Der Eckstein/Stimme
Ich bin im Glas! Im Mattscheibenglas!
Jeder, wo die Welt anschaut, muß sie durch mich hindurch sehen. Durch den Kommunisten Eckstein, wo die Bauleute dieser Welt weggeworfen haben. Und hat jetzt erst mords ein Ansehen gekriegt! Wo alles klar ist jetzt.
In aller Augen.

Die Courasch *für sich/ins Grab hinein.*
Ja schau nur wie ein Singerl, du! Schau nur!

Dunkel.

I. TEIL
I.1. DER KREISLAUF DER PRODUKTION

In der Glasfabrik. Alle arbeiten am Fließband.
Die einen blasen das Glas, die andern bemalen es, Wenzel, als letzter in der Kette, gibt das bemalte Glas in mit Holzwolle gefüllte Kartons.
Licht auf Eckstein, der sich anschickt, von einem erhöhten Standpunkt aus zu sprechen.

Der Eckstein
Ich rufe den Generalstreik – a-u-s!
Er stürzt in die Tiefe. Sicherheitspolizei taucht auf.
Der Eine
Der Eckstein! Der Eckstein! Der Eckstein ist in die heiß Glasmass geflogen!
Sehen tut man nur mehr seine Füß! Und jetzt!
Jetzt sieht man überhaupts nichts mehr von ihm!
Jetzt ist er durchsichtig durch und durch!
Die Andern
Ihr Drecksbagage!
Ihr habts ihm einen Stoß geben!
Die Sicherheitspolizei
Ruhe!

Licht auf den Fabrikbesitzer.

Der Fabrikbesitzer
Das war ein bedauerlicher, ein über alles Maß betrüblicher Betriebsunfall!
Der Wenzel *eher für sich.*
Das war ein Fall! Und kein Unfall!

Der Fabrikbesitzer
Ich bin zu Tode betrübt: Unser guter Eckstein ist leider Gottes hier heruntergeflogen!
Die Stimmen
Das ist gelogen!
Der Wenzel *eher für sich.*
Geflogen ist er grad nicht. Ich hab im Anfang auch geglaubt, daß er geflogen ist.
Aber wohin? Wie man jetzt sieht, sieht man ihn jetzt gar nicht mehr!
Die Stimmen
Sonnenklar gelogen!
Der Wenzel *eher für sich.*
Das war ein Fallunflug. Soviel steht fest!
Der Fabrikbesitzer
Das war ein äußerst betrüblicher Betriebsunfall.
Und daß ...
Die Stimmen
Lügen! Nichts als Lügen!
Der Fabrikbesitzer
Ruhe bitte!
Und damit nichts mehr passiert, ist Sicherheitspolizei aus München hier.
In ihrer Gegenwart werden dergleichen Vorkommnisse in Zukunft Vergangenheit sein!
Die Arbeiter
Wir streiken jetzt!

Die Sicherheitspolizei gibt einige Warnschüsse in die Luft ab.

Der Wenzel *laut.*
Wir arbeiten!
Die Arbeiter
Streikbrecher!

Sie fallen über Wenzel her. Schreien auf ihn ein. Wieder werden Warnschüsse abgegeben.
Wenzel flüstert den Arbeitern etwas zu.
Lichtwechsel.
Alle arbeiten am Fließband. Die einen blasen das Glas, die andern bemalen es, Wenzel, der als letzter in der Kette das bemalte Glas in mit Holzwolle gefüllte Kartons gibt, schlägt es mit einem Vorschlaghammer in Stücke.

Der Wenzel *eher für sich.*
Und die Scherben kommen wieder in den Ofen. Und werden wieder geschmolzen.
Und das heiße Glas wird wieder geblasen. Und bemalt.
Und dann hau ichs wieder zusammen. Und es wird wieder geschmolzen.
Und so weiter. Und so weiter. Und so weit fort …
Und der Eckstein bleibt bei uns. Auf immer. Und ewig unsichtbar.
In der Seele.

Dunkel

I.2. GELD WIE HEU BIS DER STURM KOMMT

Waldfest. Im Hintergrund eine kleine Bühne.
In der Mitte spielen vier Männer Schafkopf: mit Körben voller Papiergeld.

Der Hirnet *zählt seine Stiche.*
Macht 3 Trillionen, die Herren!
3 Trillionen!
Der Pfarrer
Wieviel Augen hast in Gottes Namen?
Der Hirnet
69 Augen!

69 Augen nur hab ich zusammenkriegt! Mit meinem Eichelsolo!

Der Häcksler

Und ein Blattl wie es im Buche steht auf der Pratzen! Eicheln zum Saufüttern! Unser Hirnet Xaverl!

Und ich lauter Fehlfarb! Ein Scheißblatt, auf deutsch gesagt!

Der Lehrer Schwarz

Direkt eine Kunst, seinen Eichelsolo so zu vergeigen! Hirnet! Hirnet! Hirnet!

Dich möchte ich noch hier und heute an den Schmalzfedern ziehn, Hirnet!

Bis dir die Zunge gut zwanzig Zentimeter weit aus dem Maule hängt!

Schäme mich noch schier zu Tode, Hirnet, hier Lehrer gewesen zu sein! Von einem derartigen Blindfuchs!

69 Augen!

Hirnet! 69 Augen! Setzen! Sie Hellseher!

Der Pfarrer *gibt ihm einen Korb Geld.*

Geh, zähl selber nach! Ich bin doch keine Addiermaschine!

Der Häcksler

Nicht, daß böse Zungen behaupten, die Kirch hätt dich beschissen. Gelt, Hirnet!

Da hast mein Scheißgeld!

Gibt ihm einen Haufen Geldscheine.

Der Lehrer Schwarz

So hoch kann so ein geistiger Tiefflieger eh nicht zählen! 3 Trillionen!

Und nur 69 Augen!

Gibt ihm ebenfalls einen Haufen Geld.

Der Hirnet

Muß noch Blumenzeug wegräumen. Kranzzeug! Unser Grab waschen mit der Mutter. Und ein Lichtlein anzünden auf dem Friedhof für den Vater! Wo im Krieg blieben ist, im Juli in Ypern.

Der Lehrer Schwarz

Da war Gas im Spiel!

Ganz Ypern soll unter Gelbkreuzgranaten gelitten haben!
Der Pfarrer *zu Hirnet.*
Fall fein nicht ins offne Grubergrab!
Der Häcksler
Ho! Ich versteck mich! Und spiel den Heiligen Geist in Unterhosen.
Wie so ein Sprungteufel!
Der Pfarrer *zu Häcksler.*
In der Nacht traun Sie sich! Weil Sie glauben, daß der Tod Ihnen nicht sieht, Häcksler.
Der Häcksler
Der Tod! Daß ich nicht lach! Den Tod hauts höchstenfalls selber gestreckterlängs hinein ins Grubergrab. Das zaundürre Klappergestell! Im Angesicht von der Fahne, wo mir wehen tut aus der Goschen! Zehn Meter gegen den Wind! Direkt Feueratem aus Zwetschgengeist und Zigarrenrauch!
Er haucht jeden Mitspieler an.
Der Pfarrer
Noch jeder, den Sie anhauchen, Häcksler, hat einen Rausch wie tausend Russen!
Der Hirnet
Dir hauts ja gleich den Vogel raus vor Vollrausch!
Dir verkauf ich keine Sau morgen in aller Herrgottsfrüh, Häcksler.
Der Lehrer Schwarz
Auf eine Braunschweiger mehr oder weniger kommts ihm niemals an!
Der Herr Häcksler ist durch und durch ein Ehrenmann!
Der Häcksler
Nur ein großes Herz für einen Kulturmenschen in der Brust.
Selbst ein Metzger hat alle heilige Zeit seine Spendierhosen an!
Eine Runde Zwetschgengeist für die Herrschaften!
Für den Huberbauern auch. Und für die Hirnetin!

Der Photograf Weiss geht im weißen Photografenkittel herum und zeigt den Leuten Photos, die er von ihnen geschossen hat.

Der Photograf *verteilt Prospekte.*
Laßts euch ablichten, Leutl! Phantomphotos vom Weiss! Zum Sonderpreis!
Vielleicht erscheint ihr auf dem Photo zu Lebzeiten bereits: als Engel mit Flügeln.
Wie unser lieber, guter Huberbauer!
Zur Huberbäuerin, der er ein Photo zeigt.
Ich hab den Herrn Gemahl photographiert in seiner Militärmontur!
Der Huberbauer *schaut aufs Photo.*
So will ich eingraben werden, Zenzi!
Schreib dir meine Worte hinter die Löffel!
Die Huberbäuerin
So schnell gibst du den Löffel nicht ab!
Der Huberbauer
In meiner Militärmontur will ich auftreten beim Jüngsten Gericht!
Augen gerade...aus!!!!!!
Der Photograf
Und seht Ihr, Huberbauer, was da noch auf dem Photo ist?!
Der Huberbauer *prostet Häcksler zu.*
Ich muß erst mein Augenglas finden!
Er sucht in seinem Sakko.
Zenzi, hast du mein Zwicker gsehn?
Er erspürt ihn in seiner Brusttasche.
Halt, da gehst her! Stillgestanden, Luder!
Er setzt sich den Zwicker auf und linst aufs Photo.
Der Heilige Geist, wo mir aus der Hand frißt!
Die Huberbäuerin
Korbinian, untersteh dich!
Der Photograf
Flügel! Geisterflügel!

Lassen Sie sich von mir verewigen! Im Licht des Jenseits!
Phantomphotos von Photo Weiss! Zum Sonderpreis!
Sehen Sie sich in einer Welt jenseits unserer Welt!
Sehen Sie Ihren Schutzengel!
Ihre tote Geliebte zusammen mit Ihnen –
auf einem Bild!

Licht auf die Courasch.

Die Courasch
Du bist ein guter Kerl, aber zu gut für die Welt.
Der Wenzel *genießt augenscheinlich mit geschlossenen Augen ihre Hand, die in seiner liest. Ganz weggetreten.*
Und krieg ich irgendmal ein Weib auch?
Die Courasch
Ja, das kriegst.
Der Wenzel *meint das Kribbeln auf seinem Handteller.*
O wie schön!
Die Courasch
Du kennst sie bereits!
Der Wenzel *meint das Kribbeln auf seinem Handteller.*
Schön …
Die Courasch
Schön grad nicht!
Der Wenzel *meint das Kribbeln auf seinem Handteller.*
Grad sehr schön! Sehr schön!
Die Courasch
Aber es geht ums Eck!
Der Wenzel *meint das Kribbeln auf seinem Handteller.*
So schön …
Die Courasch
Und da darfst auch gar nicht sein wie der Sturm, wo gleich kommt!
Der Wenzel *meint das Kribbeln auf seinem Handteller.*
Langsamer.
Die Courasch
Wie?

Der Wenzel
Ich bin ein Langsamer in der Liebe!
Die Courasch
Aber da mußt flugs sein! So flugs wie der Blitz!

Licht auf das Weib.

Das Weib
Mir hat im Traum ein Mannsbild mit einem Mordsbart und ewig langen Haaren die Hand auf die Brust getan – und jetzt hab ich einen schwarzen Fleck über dem Herz!
Da schau her, Bäuerin.

Sie zeigt es offenherzig der Bäuerin im Fliegenpilzkleid. Zwei Männer, die mit ihren Maßkrügen zufällig vorbeikommen, beugen die Köpfe übers offenliegende Dekolleté, stoßen mit den Köpfen zusammen und verschütten ihr Bier.

Die Bäuerin Hirnet
Auf mein frisches Fliegenpilzkleid soll wer seine blutige Hand legen!
Sie trinkt zeitgleich mit Häcksler den von diesem spendierten Zwetschgengeist.
Und so was will als Metzger auftreten! Der ist doch noch ganz damisch vom Zwetschgengeist. Morgen in aller Herrgottsfrüh auf dem Hirnethof.
Und muß unser Sau abstechen! Das Tier tut mir jetzt schon leid!
Und das soll der noch einmal ein einzigs Mal wagen! Beim letzten Mal Schlachten wollt mich der alt Saubär gegen die Deichsel drücken. Mir ist ganz schwarz geworden vor Augen im Schuppen!
Das Weib
Jüngst ist mir ein mordsgroßer Ratz oben in die Blusen gesprungen. Der hat dir fein getan wie ein Narrischer! Über mein Herz! In einer Tour!

In einer Tour nur hin und her! Der! Der ist gewesen wirklich von Sinnen!
Du guter Gott, wie war ich dir froh! Wie ihn der Wenzel derschlagen hat.
Mit der Mistgabel.
Die Bäuerin Hirnet *fixiert Häcksler.*
So ein weibstollwütiger Mistgockel, so ein weibstollwütiger!
Wo jeder Henne aufhocken wollert! Einer jeden!
Leise, als ob sie ihren Gockel zum Füttern locken wollte.
Gooogooogooock! Gooooogoooooogooock! Gooogooogoooooock!
Teufel, du! Schau nur mit deiner Zwetschengeist-Goschen, deiner weit aufgerissenen!

Häcksler prostet ihr stumm zu.

Das Weib
Und auf einmal hab ich gemerkt, wie der Teufel Gewalt hat. Über alle Gewalt.
Und die schöne, schwarze Frau Walbrunn, die wo gestorben ist, hat mir geheißen im Traum:
Bannen Sie die Sünde, wo immer Sie sie sehen!
Und ich bann und ich bann und ich bann! Ununterbrochen!
Selbst wenn ich in den Spiegel schau, bann ich das Bild!

Licht auf den Fabrikbesitzer Fink und seine Gattin.

Der Fabrikbesitzer *zitiert versonnen.*
Wie war dein Leben und Sterben so sanft und meerstille, du vergnügtes Schulmeisterlein Wutz.
Die Fabrikantengattin
Ich würde jetzt liebend gern »Die lustige Witwe« sehen, Hermann...
Der Fabrikbesitzer
Ist leider nicht zustande gekommen in Waldsassen! Trotz meiner reichlichen Zuwendungen! Kulturelle Diaspora!

Die Fabrikantengattin
Und du schleppst mich hierher – und liest lieber die halbe Nacht!
Der Fabrikbesitzer
Wofür hat mein Liebes denn die nagelneue schwarze Schlafmaske geschenkt gekriegt?
Gestern, als ich just meinen »Titan« in die Hand nahm und noch einmal flugs zu dir hinüberlugte, hätte ich ums Haar laut aufgeschrien: Weil ich glaubte, eine Pantherkatze liegt neben mir. Und stürzt sich gleich auf mich!
Und verschlingt mich mit Haut und Haar!

Die Kommunisten reden auf Wenzel im Flüsterton ein. Und zeigen immer auf die Bühne.
Er schüttelt immer wieder den Kopf. Schließlich betreten sie die Bühne.

Der Fabrikbesitzer
Komm, Lea, wir gehen!
Der Pfarrer
Sollte eigentlich auch...
Der Häcksler
Bleiben Sie ruhig, Hochwürden, Herr Fabrikführer, das gibt gewiß noch eine Gaudi heut... Weil die kriegen heut mordsblutige Goschen, die Roten!
Falls sie wieder das Blaue runterlügen vom Himmel!
Der Pfarrer
Meinen Segen haben Sie diesmal, Häcksler!
Aber nur in diesem einen Fall!

Licht auf die Gruppe der Kommunisten.

Der Flüsterchor der Kommunisten
Wenzel, du mußt reden!
Der Wenzel
Ich weiß nichts zum Sagen. Nur Zeug wie so Sagen vom Hören, darf man sagen!

Der Flüsterchor der Kommunisten
Jeder muß bei uns reden. Jeder ist bei uns gleich.
Wir reden nicht nur ewig von der Gleichheit! Wir sind es sogleich!
Der Wenzel *schlägt ein Kreuz.*
In Gottes Namen.
Ich kann nicht reden, kann ich ja sagen!
Der Flüsterchor der Kommunisten
Warum bist Kommunist?
Der Wenzel
Kommunist?
Der Flüsterchor der Kommunisten
Warumst Kommunist bist!
Der Wenzel
Wegen der Kommunion!

Lachen. Wenzel schaut hilfesuchend nach hinten.

Der Flüsterchor der Kommunisten
Was du von Marx und Engels wissen tust...
Der Wenzel
Jaja! Jetzt weiß ich es wieder!
Sprechen tut man jetzt ja leider Gottes nicht groß mehr von Gottengeln.
Wir Kommunisten führen nur immer die Rede von den heiligen Max- und Friedrichengeln dagegen!

Lachen. Wenzel schaut ratlos nach hinten.

Der Flüsterchor der Kommunisten
Freiheit, Gleichheit, Brüderlichkeit!
Freiheit, Gleichheit, Brüderlichkeit!
Freiheit, Gleichheit, Brüderlichkeit!
Der Wenzel
Gleichheit! Alle sind gleich jetzt!
Lachen.

Und zwar sofort! Und zwar jetzt gleich!
Lachen.
Der Häcksler
Kein Arm und kein Reich! Alle gleich! Das, was mir gehört, das gehört dir …
Ha! Ich sage nur: Hier!
Er zeigt einen Vogel, und will das Geld der andern im Spaß nehmen.
Der Pfarrer
Wer von euch gibt schon sein Weib einem andern? Wer von euch ist so ein Schwein?! So was führen nur die Kommunisten ein!
Der Häcksler *reißt sich und der Kellnerin Hemd und Bluse hoch.*
Und weil wir Mannsbilder nichts haben an dem Fleck, muß bei Weibern gleich der Busen weg?
Ein Kommunist
Der Metzger hat ja durchaus auch einen Busen!
Der Häcksler
So Bombenbrüst! Wo man die Welt wegsprengen müßt!
Ha! Ich sage nur: Hier!
Er zeigt einen Vogel.
Der Pfarrer
Ja, so hoch käms noch auf Erden!
Der Hirnet
Und im Handumdrehen muß unsereins auch noch Kinder kriegen!
Ein anderer Kommunist *zu Häcksler.*
In welchem Monat bist denn, Metzger?
Ein Dritter
Wirds ein Bub oder ein Mäderl, Metzger?
Der Hirnet
Und die Weiber liegen im Schützengraben! Und wir verrekken im Wochenbett!
Der Häcksler
Ha! Ich sage nur: Hier!

Er zeigt einen Vogel.
Der Chor der Kommunisten
Ruhe! Ruhe bitte!

Alle sind ruhig. Nur zieht ein Sturm auf.

Der Baptist Sturm
Werdet alle Jünger! Jünger des großen Kommunisten Jesus von Nazareth!
Und so hört doch: Ich habe die Stimme Gottes vernommen im Herzen.
Erhebe die Frauen rings um dich, Baptist Sturm. Wie mit Flügeln.
Mein Herz ist mein Magnet!
Der Hirnet
Wo kommt denn der Vogel her?
Der Baptist Sturm
Ich stamme aus der Brauerei Sturm.
Unser Sturmbier wird dem einen oder andern ja ein Begriff sein!
Die Frauen
Ruhe!
Der Baptist Sturm
Jedoch auch ich, Baptist Sturm, bin nur ein schwacher Mensch – ohne euch, ihr Frauen! Wie will ein Baum ohne Wurzeln in den Himmel wachsen?
Ich will doch von euren liebenden Seelen selig emporgetragen werden.
Ich will emporgehoben werden, Stufe für Stufe, von Millionen liebender Herzen.
Ich will der letzte Stein einer Pyramide sein, die bis in den Himmel hineinragt.
Die Stimmen
Sturmbier! Sturmbier! Sturmbier!
Sturmbier aus Schamhaupten!

Der Huberbauer
Was tätst nachher, wenn jetzt ein Löw einherspringen tät.
Und dich zerreißen tät auf Trümmer, Sturm?
Und der Löw ist der Teufel!
Die Frauen
Ruhe! Ruhe!
Der Baptist Sturm
Ich, Baptist Sturm, bin unterwegs, den Kelch zu suchen, der würdig ist, den Gral zu empfangen. Ich bin auf der Suche nach der Frau, die würdig ist, Christus auf die Welt zu bringen! In unserer Gegenwart! Wer sich mit mir vereinigt, wird bereits auf Erden zu einem Lichtwesen werden.
Wer unter euch Frauen glaubt, auserwählt zu sein, der finde sich in der Dämmerung an der Martersäul ein!
Sturm ab.

Plötzlich steht neben Wenzel, den es reißt, der Hiltler.

Der Hiltler
Warum gehst in den HAHN? In den ROTEN HAHN? Und nicht ins LAMM, wo ich und die Hiltler sind?
Warum gehst zu denen? Und nicht zu mir?
Der Wenzel
Da hab ich es von daheim aus nicht so weit. Zum Gehen.
Der Hiltler
Ja, das geht doch nicht!
Der Wenzel
Durch die Kinderlähmung!
Der Hiltler
Ausreden! Nichts als Ausreden!
Der Wenzel
Durch das bin ich mit der Zeit ein ganzer Radikaler geworden.
Der Hiltler
Warum nicht von uns?!

Der Wenzel
Von den Kommunisten einer.
Der Hiltler
Bruder, Bruder!
Nicht, daß wir dich einmal recht gescheit schlagen müssen!
Der Wenzel
Zu allem Glück sind wir verwandt zueinand.
Hat mir mein Vater allweil verzählt! Wo mit dir im Krieg gewesen wär. Als dein Kamerad dagegen!
Der Hiltler
Sag mir lieber, wie wir verwandt sind!
Der Wenzel
Durch Östreich! Du bist doch auch von drinnen heraus!
Und wenn wir nicht durch den Urvater verwandt sind draußerhalb.
Dann durch das Urmutterzeug ineinander.
Der Hiltler
Das mußt dir merken, Brüderl:
Wer nicht für mich ist, ist gegen mich!
Da kenn ich mein eigenes Blut nicht!

Dunkel.

I.3. MEINE HINRICHTUNG AN DAS WEIB

Wenzel und Baptist Sturm halten Maulaffen feil unter der Martersäul. Die Sonne geht unter.

Der Wenzel
Ob die Vögel reden können, kann ich nicht sagen!
Das Reden können die schon können.
Ich hör sie halt bloß singen dagegen!
Der Baptist Sturm
Und ob die reden können!

Der Chor der Vögel
Zezezezezezezezezezezezäzäzäzäzäzäzä!
Ii jih güh güh güh güh güh dadahidowitz!
Der Wenzel
Und was haben sie jetzt gesagt?
Der Baptist Sturm
Gegen Allerheiligen fliegen unsere Seelen auf Ägypten.
Der Wenzel
Unsere Seelen?
Der Baptist Sturm
Nein ihre. Mein ich.
Erzählt allweil so schöne Geschichten. Die Vogelwelt.
Der Wenzel
Ich versteh den Sinn nur schwach von der Sprach!
Kein Wort im Grund!
Der Baptist Sturm
So hör doch! Hör!
Der Chor der Vögel
Lü lü lü lüly ly ly ly li lili li!
Quio didl li lulyli!
Der Wenzel
Was sagen sie?
Der Chor der Vögel
Lü lü lü lüly ly ly ly li lili li!
Quio didl li lulyli!
Der Wenzel
Ich versteh nur Lü lü lü lüly ly ly ly li lili li!
Quio didl li lulyli!
Der Baptist Sturm
Weil du nicht so voller Liebe bist! Wie der Sturm Baptist!
Der Wenzel
Ich für meinen Teil hab nur ein einzigs Mal zu Gehör gekriegt, daß die Vögel in Waldsassen irgendmal frauenerregendes Zeug gesungen haben sollen!
Mitten im Krieg!

Der Baptist Sturm
Wenn ich vögel, sprech ich in Engelszungen. Die nur mehr die Vögel übersetzen können in die Muttersprache. Falls sie lustig sind. Dann kriegen die Weiber Flügel. Und Himmel und Hölle küssen sich wund. Zeichen und Wunder!
Daß es eine wahre Freud ist. Und eine Freud sprengt eine jede Sprache!
So ein Glück können nur die Vögel noch ausposaunen. In Engelszungen!
Oh!
Er versteckt sich im Gebüsch.
Die Fabrikantengattin *kommt.*
Wo find ich hier den Herrn Sturm?
Der Wenzel
Ich wär ja auch grad ein Mann.
Die Fabrikantengattin
Ach ja?
Aber der Herr Sturm?
Der Wenzel
Der Sturm redet mit den Vögeln …
Der Baptist Sturm/Stimme
Lü lü lü lüly ly ly ly li lili li!
Quio didl li lulyli!
Der Wenzel *zeigt zum Gebüsch.*
So gehen Sie schon! Zum Himmeldonnerwetter noch mal!
Sie verschwindet hinter Gebüsch.
Der Baptist Sturm/Stimme
Lü lü lü lüly ly ly ly li lili li!
Quio didl li lulyli!
Die Fabrikantengattin/Stimme
Tiuu tiuu tiuu tiuu! Spe tiu squa!
Tio tio tio tio tio tio tio tix! Qutio quitio quitio qutio!
Zquo zquo zquo! Tzü tzü tzü tzü tzü tzü tzü tzü tzi!
Der Wenzel
Ihr Vögel, was reden die beiden?

Der Chor der Vögel
Du hast Brombeeren auf der Brust, Geliebte!
Ihr Fruchtfleisch ist süßer als das Fleisch der Sonne: die untergeht in ihrer Glut auf deiner Zunge und deren Rund uns ins Jenseits saugt.
Die Fabrikantengattin
Quorror tiu zqua pipiqui!
Zozozozozozozozozozozozozoz zirrhading! Tsisisi tsisisisisisisisisisisisisi!
Zorre zorre zorre zorre hi! Tzatn tzatn tzatn tzatn tzatn tzatn zi!
Dlo dlo dlo dlo dlo dlo dlo dlo dlo dlo! Quio tr rrrrrrrrrrr itz!
Higaigaigaigaigaigaigaigai giagaigaigai! Quior ziouio pi!
Der Wenzel
Ihr lieben Vögel, so verzählt mir doch flugs, was das Weib jetzt gesprochen hat zum Sturm.
Der Chor der Vögel
Sturm, der du die Himmel aufreißt!
Mein Mann hat ja nur geflügelte Worte von Jean Paul auf den Lippen für mich in der Liebe: Wir sind die Puppen der Engel! Seine Fingerkuppen, schwarz vom Schwarz der Buchstaben, ihhh! Im Spinngeweb seiner Hirngespinste zapple ich wie eine chromgrüne Fleischfliege.
Zum Glück habe ich einen Zaunkönig im Käfig, dem klage ich Tag für Tag mein Leid. Und er klagt mir das seine.
Ab.
Die Bäuerin Hirnet *kommt.*
Wo find ich hier den Baptist Sturm?
Was tust denn d u hier, Wenzel?
Der Wenzel
Ich wär halt vielleicht am End auch ein Mann!
Die Bäuerin Hirnet
Hau ab, Kerl! *Sie geht nach hinten ins Gebüsch.*

Wenzel liegt wieder allein im Schatten der Martersäule.

Die Bäuerin Hirnet/Stimme
Ih ih ih ih ih watiwatiwati!
Diwati quoi quoi quoiquoi quoi qui! Ita lülülülülülülülülülü-lülü watiwatiwatih!
Ihih titagirarrrrrrrr itz! Lülülülülülülülülülülülülü watititi!
Watititi watititi! Twoi woiwoiwoiwoiwoiwoiwoiwoiwoi ih!
Lülülülülülülülülü dahidowitz! Twor twor twor twor twor twor tih!
Dadada jetjetjetjetjetjetjetjetjetjetjetjetjetjet! Tü tü tü tü tü tü tü tü tü qui zatuzatuzatuzi! Iht iht iht iht iht iht zirharding! Iht iht iht iht iht iht zirharding!
Iht iht iht iht iht iht zirharding! I i i i i i i i i a zatn zi!
Der Wenzel
Und was sagt, ihr guten Vögel, die Bäuerin jetzt zum Sturm?
Der Chor der Vögel
Mein Mann ist allweil wie ein Panzer gewesen. Und mir bloß die Zunge ins Maul gesteckt. Und so! O Ambrosius!
Derweil sprudel ich über bei der Gelegenheit! Ich will allweil fort mein Herz ausschütten in der Liebe.
Da hat er im allerschönsten Augenblick von meinem gesamten Leben gesagt zu mir: Dir muß man im Sarg die Goschen gewiß extra erschlagen! Sonst geht die Karfreitagsratschen bis zum Jüngsten Tag. Und derweil hat er selber die Klappen nicht halten können! Allweil wollt ers letzte Wort haben!
Eines schönen Tages ist er ausgerutscht gewesen. Durch Gerstenstrohschöppeln. Und die Strohbodenstiege runtergerutscht auf dem Kreuz.
Ja, jetzt hats ihm die Sprach sauber verschlagen gehabt: Und eine geschlagene Stund mit den Lippen allweil nur einen einzigen Satz geformt: Weib, ich derschlag dich! Weib, ich derschlag dich! Weib, ich derschlag dich!
Und schließlich ist der Ton wiederkommen!
Die Vögel äffen ihr immer lauter werdendes Stöhnen nach.
Der Wenzel *für sich.*
Na ja, tu ich halt weiterhin, als ob ich Maulaffen feilhalten tät. Unter der Martersäul.

Das Weib kommt des Wegs.

Das Weib
Ach, das ist ja wer anders!
Wo treff ich denn den Herrn Sturm?
Der Wenzel
Der ist ausgeflogen.
Das Weib
Wohin?
Der Wenzel
Was ist ein Herr Sturm schon gegen einen Herrgott im Gewitterlicht?

Dunkel.

I.4. EIN GEISTERBILD DER WIRKLICHKEIT

Dunkel. Blitzlicht und Donner der Photokamera auf Holzstativ.
Der Wenzel – ebenso wie seine Braut vom Zwetschgengeist auf der Hochzeitsfeier erfüllt – springt zu Boden. Das Weib steht im Brautkleid verdattert da.

Der Photograf
So, das wars jetzt. Das Vogerl!

Es blitzt und donnert draußen. Der Papagei schlägt wild mit den Flügeln.

Der Wenzel
Sie haben ja wirklich einen Vogel!
Der Papagei
Sie haben ja wirklich einen Vogel!
Der Wenzel *verneigt sich. Zum Vogel.*
Entschuldigen Sie, ich hab jetzt bereits gedacht, Sie sind ein Vogellautsprecher!

Der Papagei
Sie haben ja wirklich einen Vogel!
Sie haben ja wirklich einen Vogel!
Der Wenzel *zum Photografen.*
Und ich hab geglaubt, Sie sagen nur: Vogerl!
Derweil ist es ein Mensch wie wir!
Das Weib
Mich hat irgendwas gestreift!
Wie Flügel!
Der Photograf
Zeitlebens Jenseitsphotos geschossen!
Jüngst auf der Photoplatte hat der Huberbauer in Militärmontur direkt Flügel gehabt. Geisterflügel!
Der Wenzel
In dem Haus hier kann es schon spuken können! Im Oberstübchen soll es umgehen! In der Geisterstube!
Wenn wer tot war im Krieg, ist ein Bild gefallen daheim. Oder ein Kreuz.
Wer weiß es denn, wie alles zusammenhängen tut?
Der Photograf
Der Abschied ist schon so eine Geschichte! Aus einer anderen Welt bereits!
Aus dem Jenseits bereits!
So laßt uns das Jetzt festhalten!
Er steckt den Kopf unters schwarze Tuch seiner Kamera.
Das Weib
Da bin ich über meinen Schatten gesprungen schon auch jetzt!
Geisterflügel! Mir gingst!
Der Wenzel
Ich mein allweil, ich hab schon eines draußen drinnen auch.
So Kopfzeug, so wirkliches! Das darf man wiederum nicht sagen!
Der Photograf
Alles nur Geisterphotos von der Wirklichkeit!

Der Wenzel
Ich weiß es nimmer, ob man es nicht sagen darf.
Was weiß ich, darf man sagen!
Der Papagei
Sie haben ja wirklich einen Vogel!
Der Wenzel
Obwohl mir so ein unvergeßliches Gehirn zugefallen ist.
Wie meines eines ist. Du machst dir keine Vorstellung, Weib!
Ein so ein Glück.
Der Photograf
Gut, daß wir das verewigt haben!
Das Weib
Ich hab so Flügel gespürt beim Photografiertwerden.
Flügel – wie nicht von dieser Erden!
Der Wenzel
Zu Lebzeiten bereits gewesen.
In der Gewalt von der Ewigkeit.
Der Papagei
Sie haben ja wirklich einen Vogel!
Der Papagei flattert so mit den Flügeln, daß man ahnt, woher die »Engelsflügel« auf den Phantomphotos stammen.
Der Wenzel *zum Photografen.*
Und ich hab geglaubt, Sie sagen nur Vogerl.
Weil man so sagt unter Photografen.
So wie man blaues Blut sagt. Oder Schwarzweiß?
Der Photograf
Jetzt noch eine Aufnahme.
Bei Geisterphotos kann man gar nicht genug auf Nummer Sicher gehen!

Es blitzt, es kracht. Und draußen fällt ein Schuß.

Der Wenzel
Das hat getan wie ein Schuß!
Das Weib
Ich hab wieder ein Ding gespürt! Wie Flügelzeug!

Der Photograf *schaut sich um.*
Das Fenster ist gesplittert!
Und ein Einschuß! In meiner schönen Theaterwand!
Das Weib
Ein Schuß?
Ich hab Flügel gespürt – und ein Brennen über dem Ohr!
Der Photograf
Die Flügel, die Sie gestreift haben.
Das sind die Flügel von Ihrem Schutzengel gewesen.
Der Wenzel
Jetzt kriegst einen Kuß!
Er küßt sie.
Der Photograf *gerührt.*
Darauf müssen wir anstoßen! Mit Sekt!
Der Wenzel
Mit Zett!

Der Photograf entkorkt den Sekt. Es kracht wieder. Ein Stein fliegt durchs Fenster.
Wenzel liegt wieder gestreckterlängs da.

Der Photograf
Ha!
Der Wenzel
Gut, daß wir den Zett nicht allein trunken haben, Weib.
Ich hab das gar nicht gewußt, daß die so krachen. Die Zett!
Ich hätt die Flaschen am End vor Schreck gleich weggeschmissen!!!!
Der Papagei
Sie haben ja einen Vogel.
Der Wenzel
Am End sind wir gar nicht verheiratet! Ohne Pfarrer und Kirchensegen.
Wird halt kein Schwein glauben dann, daß wir uns getraut haben.

Der Photograf
Wie das?

Lichtwechsel.
Plötzlich ist der Pfarrer Roth zugegen: Im Sektrausch erinnern sich die »Brautleute« an den »Brautunterricht« am gleichen Tag.

Der Pfarrer
Wie ist die Welt erschaffen worden?
Der Wenzel
Das muß gewesen sein, wie der Herrgott und das Gottweib noch ineinander waren!
Der Pfarrer
Ein Gottweib gibt es nicht!
Das Weib
Wer sagt denn so Zeug? Mit Weiberzungen?
Der Pfarrer
Also, ich kann Sie leider Gottes nicht trauen!
Und solang Sie Kommunist sind – sowieso nicht!
Der Wenzel
Sie essen doch die Kommunion selber auch!
Und mein Weib, das tut auch ewig oft kommunizieren!
Das Weib
Ich bin keine Kommunistin!
Meiner Lebtag nicht!
Meiner Lebtag nicht!
Ich müßt maustot umfallen!
Der Wenzel
Jetzt trauens uns halt geschwind!
Das Weib
Wir sind doch durch und durch trauenswürdig.
Der Wenzel
In uns kann man sich fein schon vertrauen!
Männer und Frauen!

Der Pfarrer
Hinaus aus Gottes Haus!
Und Ihr Gottweib können Sie sich auch aus dem Kopf schlagen!

Lichtwechsel.

Der Photograf
Ach, wissen Sie! In Bälde kriegen Sie die schönsten Hochzeitsphotos der Welt!
Da sieht ein jedes: Daß Sie sich getraut haben.
Wenzel und das Weib küssen sich.
Dunkel.

I.5. JENSEITS DES TODES II

Friedhof der Fernseher: Wenzel trifft aufs Grab von Baptist Sturm. Baptist Sturm hat ans Jenseits geglaubt. Und nun wird ihm zu Ehren ein Film gezeigt. Baptist Sturm bringt im Jenseits einem Chor Vögel den Schöpfungsmythos bei.

Der Baptist Sturm
Lülülü ...
Der Chor der Vögel
... hat alles erschaffen durchs Sprechen.
Damit wir uns auch und alles verstehen tun.
Die Vögel fein auch.
In schönen Augenblicken.

Dunkel.

I.6.1 HERR ÜBER DIE GANZE WELT

In Eger: Unter einem Torbogen steht Wenzel, der Bub auf seinen Schultern jubelt wie alle andern, deren Heilgeschrei man hört, Hitler zu.

Der Wenzel *weint.*
Der Hiltler wird jetzt Herr über die ganze Welt!

I.6.2. HEIL ZUM KOTZEN

Im Puff zu Eger: Man hört die Hitleransprache durchs offene Fenster.
Häcksler ist sturzbetrunken und bringt den in Teile der SA-Uniformen über ihren Korsetts und Strapsen gekleideten tschechischen Huren zuerst Exerzieren, dann aus purem Blödsinn einen deutschen Satz bei, den sie unisono singen müssen.

Der Häcksler
Und jetzt aus voller Brust:
Er singt. Die Fahne hoch, das Arschloch fest geschliffen!
Der Chor der Huren
Die Fahnäää hoooch, das Aschloooch fässst geschlieieiefffen!
Der Häcksler
Arrrrrrschloch! Arrrrrrschloch! Arrrrrrschloch!
Rrrrrrr! RrrrrrrRrrrrrr! RRRRRR!!!!!!
Und alle zusammen: Die Fahne hoch, das Arschloch fest geschliffen!
Der Chor der Huren *immer noch mit ziemlich tschechischem Zungenschlag.*
Die Fahne hoch, das Arschloch fest geschliffen!

Häcksler reißt das Fenster auf.

Der Häcksler
Heil! Heil!
Dabei kotzt er aus dem Fenster.

Die Huren treten hinter ihm ans offene Fenster.

Der Chor der Huren *nach wie vor mit tschechischem Zungenschlag.*
Die Fahne hoch, das Arschloch fest geschliffen!
Die Fahne hoch, das Arschloch fest geschliffen!
Die Fahne hoch, das Arschloch fest geschliffen!
Der Gesang der Huren, geschmettert im Brustton des Glaubens, etwas Deutschnationales zu brüllen, dringt ins Freie und überschallt den Platz. SS wird aufmerksam.
Der Lehrer Schwarz, gleichfalls in SA-Uniform, zieht Häcksler weg vom Fenster.
Die beiden ab. SS kommt.

I.6.3 GOTTESGERICHT

Auf freier Flur: Häcksler auf dem Heimweg mit dem Lehrer Schwarz.

Der Häcksler
Sowie ich in einer Stadt aufkreuz, geh ich zuerst ins Puff! Und dann in aller Herrgottsfrüh gleich in den Gottesdienst! Da wird alles gnadenlos abgeräumt! Gnadenlos!
Gebeichtet gleich und kommuniziert gleich! So bereits heil durch den ersten Krieg gekommen! Ohne Pariser! Wie Gott in Frankreich! Und ein Geschwader wunderhübscher Schutzengel allweil über mir!
Der Lehrer Schwarz
Wers glaubt, wird selig!
Der Häcksler
Normal ist nach dem Beichten die herzallergefährlichst Zeit:

Da fährt der Teufel die größten Geschütze auf. Da nimmt das Unheil seinen Lauf.
Einmal sind wir zu gezweit vom Beichten heimgangen, der alt Hirnet Ambrosius und ich. Auf einmal waren wir zu gedritt! Da schau ich am dritten hinunter: Jetzt hat der dir direkt einen Pferdefuß gehabt.

Der Lehrer Schwarz
Jetzt hörens aber auf! Mit Ihrem im Säuferwahnsinn zusammenphantasierten Schmarrenzeug!

Der Häcksler
Vor lauter Suff im Puff heut nicht so richtig zum Zug gekommen! Kreuzkruzifix! Was muß der Mensch auch allweil saufen?!
Er trinkt. Plötzlich stößt er auf ein Dirndlkleid am Weiherufer.

Am Weiherufer: Häcksler nimmt das Kleid an sich. Er versteckt sich samt dem Lehrer Schwarz hinter Gebüsch. Courasch und ihr Hund kommen aus dem Wasser.
Sie schaut sich um. Und sieht Häcksler.

Die Courasch
Ja, was ist das?! Du Sakra!
Sie will fliehen. Der Lehrer Schwarz tritt aus dem Gebüsch hervor und versperrt ihr den Weg.
Laßts mich gehen! Oder ich sag euch die Zukunft!

Der Lehrer Schwarz
Bitte nicht!

Die Courasch *für sich.*
Kommt durch. Scheiße schwimmt immer oben.

Der Häcksler
Ich pfeif drauf!

Die Courasch
Du wirst aufgehängt – wie eine Sau!

Der Häcksler
Das kann doch ein Metzgerherz nicht erschüttern! Und dein Dirndl kriegst nur, wenn ich dich krieg! Ohne Dirndl!

Die Courasch *die keine Chance sieht.*
Aber du mußt dir die Augen zubinden, du Saubär!
Der Häcksler
Pfeif hinein! Einmal wirds schon gehen!
Er verbindet sich die Augen mit seinem Schnupftuch.
Courasch setzt sich auf den Rücken des Hundes: Häcksler tastet – mit verbundenen Augen – über den nackten Rücken der Courasch, realisiert in seinem Rausch jedoch nicht, daß diese auf dem Rücken ihres Hundes sitzt.
Weiber gehabt in rauhen Mengen, aber so eine haarige! So eine haarige Geschicht meiner Lebtag noch nicht!
Als er gerade in Liebesrhythmus verfallen will, erschrickt er zu Tode.
O, Herrje! Herrjemine!
Jetzt kommts mir: Das ist der Teufel! Das ist ja ein Pferdefuß, was das Zigeunerweib hat!
Die Courasch *zum Hund.*
Faß, Prinzo, faß!

In der Verwirrung können sie und der Hund fliehen.
Die andern SA-Leute kommen allgemach dazu.

Der Lehrer Schwarz
Mir blutet ja das Herz, aber melde gehorsamst: Kamerad Gottfried Häcksler hat dem Ruf unserer SA aufs schwerste geschadet: Nicht nur durch sein Heilgebrüll! Nicht nur durch seinen Hurenchor. Er hat auch noch Rassenschande mit einem Zigeunerweib vollzogen! Und mit ihrem Hund!
Der Rottenführer
Mit meinem Hund?! Mit dem Burschi?!
Mir setzt augenblicklich der Verstand aus! Erschießen, Häcksler! Erschießen laß ich Sie auf der Stell! Wie einen Hund, einen räudigen!
Häcksler! Ich blas Sie standrechtlich weg von der Welt!
Häcksler werden daraufhin vom Rottenführer die Abzeichen abgerissen.

Der Lehrer Schwarz
Melde gehorsamst, Herr Stabsunteroffizier, den Hund von der Zigeunerin, mein ich!
Der Rottenführer
Häcksler! Häcksler! Häcksler! Das hat Ihnen das Leben gerettet!
Wie bin ich heilfroh, daß Sie meinen Hund nicht! Sonst hätt ich am End meinen armen, von Ihrer Metzgernatur versauten Burschi auch noch erschießen lassen müssen!
Der Häcksler
Gottfried Häcksler – vom Grunde seines Herzens aus zeitlebens Ehrenmann geblieben, mein Rottenführer Hinrichsen!
Der Rottenführer
Aber freuen Sie sich ja nicht zu früh! Morgigentags werde ich mich zum Rapport beim Fähnleinführer Ficklgruber melden. Und das, Häcksler, bringt Sie in Teufels Küche. Darauf können Sie Gift nehmen! Flossenbürg läßt grüßen, Häcksler!
Der Häcksler
Nix Flossenbürg! Nix Flossenbürg!
Der Rottenführer
Ich kann mich auch fürs KZ Dachau stark machen. Falls Sie Wert drauf legen, daß der Heimat nicht bekannt wird, was für ein Schwein Sie sind, Häcksler!
Der Häcksler
Aber der Teufel...
Der Rottenführer
Halten Sie ja Ihr großes Maul jetzt! Sie! Sie können gewiß mit der Kohlenschaufel frühstücken, Mann!

Häcksler hat die Hosen voll. Er schämt sich zu Tode – und verdrückt sich.
Der Lehrer schlägt die Hacken zusammen und geht mit Hitlergruß gleichfalls ab.

Der SA-Mann I
Was stinkt hier so?

Der SA-Mann II
Riech einmal an dir?
Der SA-Mann I
Gott, ja! Ich riech ja wie ein Puff vor Parfüm!
Der SA-Mann II
Und ich riech wie ein Weib!
Der SA-Mann III
Das wenn mein Weib riecht, wie sakrisch ich nach Weib stink!
Der Rottenführer
Ich wasch mich mal lieber im Weiher!
Die SA-Männer
Ich auch! Ich auch! Ich auch!
Sie ziehen sich aus. Und gehen ins Wasser.
Der Rottenführer
Ich hab sogar eine Seife am Mann!
Duftseife!
Der SA-Mann I
Kann ich mal haben?
Der Rottenführer
Gewiß!
Er wirft sie rüber.
Der SA-Mann II
Kann ich auch mal?

Die SA-Männer lachen, grölen, werfen sich die Seife zu. Spritzen sich mit Wasser voll. Tauchen sich gegenseitig unter.
Eine Handvoll Männer in Mänteln mit Judensternen kommen ans Weiherufer. Offensichlich gehetzt. Sie sehen die SA-Uniformen und ziehen diese flugs an. Ihre Mäntel legen sie hin.
Die SA-Männer kriegen es nicht mit.

Der Rottenführer *hält die Seife im offenen Handteller.*
Der Tag wird kommen. Da kann man sagen: Heut haben wir uns mit einer Handvoll Juden gewaschen!

Der SA-Mann III
Wie?
Der Rottenführer
Ist nicht mehr lang hin, da machen wir Seife aus ihnen.

Die SA-Leute lachen.
SS kommt, sieht die Mäntel mit den Judensternen!
Und eröffnet das Feuer auf die im Wasser.
Dunkel.

I.7. WISSEN IST MACHT GUTE NACHT

In der Waldhütte: Der Ofen brennt rotglühend. Immer wieder freilich dringt der Rauch aus ihm hervor und verdunkelt den Raum. Die Katze sitzt hinter dem Ofen. Der Bub kratzt was mit dem Griffel auf die Tafel.

Der Wenzel
Ach, Gott! Ach, Gott! Kind!
Hast deine Hausaufgaben immer noch nicht!
Der Bub
Tata, wieviel Gott tuts denn geben?
Der Wenzel
Das darf ich nicht sagen!
Herrgotthalber!
Der Bub
Ich hab gesagt: acht!
Und krieg einen Haufen Fotzen durch den Pfarrer!
Jetzt hab ich gesagt, der Vater sagt doch auch immer: Acht Gott! Acht Gott!
Der Wenzel
Das hab ich ja auch zum Kennen gekriegt, wie Religion übergegangen ist in Rechnen! Hat man allen Augenblick mit Fotzen rechnen müssen. Mit Tatzen oder gar Arschprügeln!

Der Bub
Ja – und der Lehrer Schwarz ist auch so saugrob!
Der Wenzel
Nichts gegen den Drescher, oder wie der geheißen hat bei uns.
Aber die sind immer wieder versetzt worden. Weil wir sie zurückgeärgert haben. Allerding viel ärger wie die uns.
Entweder sinds voll Wut versetzt worden. Oder vor Zorn gestorben. Keiner ist sitzengeblieben in Waldsassen.
So. Und jetzt mach die Hausaufgaben jetzt ja geschwind! Der Lehrer Schwarz schaut gleich vorbei, Kind!
Der Bub
Weiß nicht einmal recht, was man groß schreiben muß und was klein.
Weißt es ja selber nicht, Tata!
Der Wenzel *voller Stolz.*
Am Anfang von einem Satz schreibt man alles groß. Automatisch dagegen!
Und dann schreibt man nur alles groß, was man anlangen kann.
Sagen wir mal …
Der Bub *schaut sich in der Hütte um.*
… Die Katz ist hintern Ofen.
Der Wenzel
Die ist am Anfang. Schreibt man automatisch …
Der Bub
Groß!
Der Wenzel
Jawohl!
Der Bub
Katz – kann man anlangen. Schreibt man groß.
Der Wenzel
Siehst du – saueinfach.
Der Bub
Ist – kann man nicht anlangen, schreibt man klein.

Der Wenzel
Kann sein!
Der Bub
Hintern – kann man anlangen, schreibt man groß.
Er langt sich an den Hintern, riecht am Finger, nickt beglückt.
Riecht nach Honig, Tata! Der Hintern.
Der Wenzel
So ein Fall ist selten!
Und jetzt weiter! Und Ofen?
Kann man den anlangen oder nicht?
Der Bub
Ofen – kann man nicht anlangen! Sonst verbrennt sich eines ja die Finger. Ofen schreibt man klein.
Der Wenzel
So wirds schon sein.
Der Bub
Tata – Hunger!
Der Wenzel
Ich hab ja selber nichts zum Beißen.
Er sucht im Kasten. Nichts.
Zugesperrt! Die Mutter! Die gönnt uns nichts zwischendurch.
Der Bub
Dann geh ich Brombeer brocken. Oder in die Schwammerl!
Der Wenzel
Kennst sie ja nicht! Erwischst Tollkirschen! Erwischst Fliegenpilz!
Wo denkst denn du hin, Bub?
Außerdem wird der Lehrer gleich aufkreuzen.
Der Bub
Tata, da seh ich schwarz!

Der Lehrer Schwarz kommt mit einem Rucksack voller Würste und Rauchfleisch.
Er stellt seinen Rucksack ab.

Der Lehrer Schwarz
Heil Hitler beisammen!
Der Wenzel
Herr Lehrer! Schön, daß Ihr auch zu uns kommts. In unser windschiefe Waldhütten!
Der Lehrer Schwarz *schaut sich um. Mit eher angewidertem Gesicht.*
Arm, aber sauber! Leider Gottes kann ich Ihren Buben nicht versetzen in eine höhere Klasse!
Der Wenzel
Ich versteh den Klassenkampf bereits selber nicht in der Schul allweil!
Der Lehrer Schwarz
Durchfallen lassen müßt ich Ihren Buben in der Schul.
Durchfallen, verstehen Sie?!
Der Wenzel
Ich hab auch allweil Durchmarsch gehabt in der Schule. So versteh ich auch die Welt nicht ganz gescheit, weil ich die mehrste Zeit in der Schul auf dem Abort erlebt hab!
Und jetzt?! Jetzt hab ich den Dreck im Schachterl! Jetzt versteh ich die Welt nicht!
Nicht einmal den Krieg versteh ich, obwohl daß ihn der Hiltler oft und oft erklärt hat!
Der Lehrer Schwarz
Ich mein: Das letzte Wort ist noch nicht gefallen wegen Ihrem Buben...
Haben Sie vielleicht ein wenig eine Wegzehrung für mich?
Da schauens her, was mir die Bauern alles geben haben heut wieder! Einen ganzen Rucksack voller Blut- und Leberwürscht. Und Rauchfleisch in rauhen Mengen!
Der Wenzel
Wir haben ja selber nichts groß zum Beißen. Höchstens was zum Sch...
Wollens nicht ein Schlückerl Zwetschengeist?
Der Lehrer Schwarz
Wenn Sie es für sich behalten!

Der Wenzel
Nein, das behalt ich nicht für mich. Das kriegen schon Sie!
Er schenkt ihm Schnaps ein.
Der Lehrer Schwarz
Schmeckt ja wie Medizin!
Der Wenzel
O Scheibenhonig: Das ist ja dem Weib sein Rizinusöl!
Der Lehrer Schwarz
Sie Unglücksvogel!
Wo ist hier das Örtchen?
Der Wenzel
Gibts keines. Geh, gehens einfach ins Gebüsch dagegen.

Lehrer ab. Wenzel und der Junge lachen und stürzen sich auf den Inhalt des Rucksacks. Im Zeitraffer fressen sie die Würste an und legen sie angebissen wieder in den Rucksack. Sie fangen die Katze, stecken sie in den Rucksack und binden ihn zu. Der Lehrer kommt zusammen mit dem Weib wieder.

Das Weib
Heut ist ein guter Tag! Was ich alles derhamstert hab!
Rauchfleisch vom Götz!
Der Wenzel und Der Bub *im Chor.*
Ho!
Das Weib
Rindfleisch vom Hirnet!
Der Wenzel und Der Bub *im Chor.*
Ho!
Das Weib
Spatzen und Schweiners vom Gierisch!
Der Wenzel und Der Bub *im Chor.*
Ho!
Das Weib
Linsensuppen vom Reger!
Der Wenzel und Der Bub *im Chor.*
Ho!

Das Weib
Rettich vom Herzer!
Der Wenzel und Der Bub *im Chor.*
Ho!
Das Weib
Und gegitterten Mohnkuchen vom Grünschnurrer!
Der Wenzel und Der Bub *im Chor.*
Ho!
Das Weib
Und von der Singerin Kirchweihkuchen!
Und Krapfen vom Zeitler!
Und Kaffee! Kaffee!
Der Wenzel und Der Bub *im Chor.*
Ho!
Der Wenzel
Na, dann mach es warm.
Wir haben Besuch heut!
Sind wir auch arm!
Sind wir doch rechte Leut!

Die Frau stellt den Topf mit all den Speisen auf den Herd und rührt um.

Der Lehrer Schwarz
Das ist ja alles! Das ist ja alles! Das ist ja alles in einem Topf!
Er hält mit einer Hand die Hose am Hintern.
Wenzel, das Weib und der Bub lachen.
Das Weib
Im Magen kommt eh alles zusammen, Herr Lehrer.

Der Lehrer schaut auf seinen Rucksack und sieht, daß der sich bewegt.
Er geht hin, bindet ihn auf: und wird kräftig von der Katze gekratzt.

Der Lehrer Schwarz
Au! Au! Ich verstehe: Meine Würste im Arsch!
Das gibt ein Nachspiel! Da erkläre ich Ihnen persönlich den Krieg!
Und zwar so, daß selbst so ein Narr wie Sie ihn verstehen wird!
Ab. Alle drei lachen.

Dunkel.

I.8. SIMULANT?

Im Arztzimmer: Wenzel stürzt jubelnd mit einem Rekrutenstrauß in den Raum!
In der Militärmontur seines Vaters aus dem ersten Weltkrieg.
In der Hand dessen Rosenkranz.
Er geht voller Euphorie herum, ja er macht, soweit es seine Kinderlähmung zuläßt, sogar Luftsprünge.

Der Wenzel
Tjuchhu – bin ich gemustert worden! Hab einen Rekrutenstrauß auch mir kauft! Und den Rosenkranz da, nehm ich mit in den Krieg: Durch diesen Rosenkranz ist mein Vater durch den ersten Krieg gekommen! In der einen Hand den Zügel gehalten, in der andern den Rosenkranz! Und fort laut gebetet zu den heiligen Schutzpatronen. Und all dem heiligen Zeug!
Der Doktor Braun
Ruhig Blut, Kerl! Mir explodiert noch der Kopf!
Zur Sprechstundenhilfe an der Schreibmaschine, die von Mal zu Mal lauter wird, am Schluß ist sie so laut wie ein Maschinengewehr.
Cerebro-vaskuläre Insuffizienz!
Schreiben Sie! Schreiben Sie!

Die Sprechstundenhilfe schreibt: MG-gleich. Er steht auf, schaut ihr über die Schulter.
Nicht mit K! Nicht mit Z!
Merken Sie sich doch einmal: Cerebro mit C!
Ach was! Schreiben Sie einfach: Agrammatismus!
Zu Wenzel.
Bitte erzählen Sie von Ihrem Stammbaum.
Der Wenzel
Wo ein Urvater zu mir Wilhelm geheißen haben soll. Wo die Regierung geführt hätt vierzehn. Ein von Hohen soll er gewesen sein! Ewig hoch in der Abstammung. Oder noch höher?
Kann einen Stammbaum haben im Kreuz! Bis zum Paradies zurück dagegen!
Der Doktor Braun *zur maschineschreibenden Sprechstundenhilfe.*
Mystizismus eines regelwidrig veranlagten Gehirns! Distanzgemindert.
Schreiben Sie am gescheitesten: Logorrhoe.
Zu Wenzel.
In was für einer Zeit leben wir?
Der Wenzel
In einer Kriegszeit!
Und ich hab im Anfang auch noch geglaubt: Ich krieg Zeit!
Derweil ist das Gegenfall der Teil!
Der Doktor Braun
Langsam! Langsam! Mein Schädel!
Schreiben Sie einfach alles mit, was er sagt. Das spricht Bände!
Zu Wenzel.
Bilden Sie aus diesen Stichworten ganze Sätze: Führer – Himmel – Reich!
Der Wenzel
Der Führer macht den Himmel reich!

Die Sprechstundenhilfe tippt diesen Satz Wenzels in die Maschine.

Der Doktor Braun
Das genügt im Grunde schon.
Ich muß Sie leider Gottes erfassen!
Der Wenzel *unbeirrt.*
Es ist nicht zum Begreifen: Mein Vater hat im Krieg herausgekriegt, daß ich – als sein Kind – und der Hiltler verwandt sind.
Der Doktor Braun
Wie?
Der Wenzel
Mein Vater hat auf dem Totenbett noch dahergetan, daß wir verwandt sind zueinand. Durch das Urmutterzeug ineinander.
Weil die Hiltler doch auch von drinnen heraus sein wollen. Von Östreich.
Der Doktor Braun *zur maschineschreibenden Sprechstundenhilfe.*
Verdacht auf Debilität.
Nein schreiben Sie: Oligophrenie ersten Grades! Schreiben Sie: artifizielle Störungen!
Wie will Ihr Vater den Führer kennengelernt haben?
Der Wenzel
Der hat allweil fahren müssen Emunition oder Emution! Im Krieg der Vater. Durch Gefahren! Und kann sogar ein Kreuz gekriegt haben dafür. Weil er einmal trotz Hexenschuß eisern weitergefahren ist. Tiefer und tiefer hinein in den Krieg! Und das war doch wie oft nur so Sumpf. So Bombengranattrichterzeug dagegen. Und ist untergegangen samt seine zwei Pferd! Samt seiner Emution! Im Kriegssumpf der Vater.
Der Doktor Braun
Pseudologie phantastica!
Schreiben Sie: Pseudologie phantastica!
Der Wenzel
Und plötzlich der Hiltler so aufgekreuzt als ein Meldegänger und den Vater so beiläufig gefragt, ob er ihn aus dem Sumpf ziehn soll. Im Fall, sie schießen auf ihn!

Jetzt mein Vater: Nein! Er betet zu den heiligen Schutzpatronen! Das reicht!
Aber über kurz oder lang ist er wieder tiefer eingesunken gewesen. Samt den Pferden. Bis zum Adamsapfel im Bombengranattrichterzeug! Mein Vater! Bis zum Kopf ums Haar im Sumpf!

Der Doktor Braun

Schreiben Sie: Münchhausen-Syndrom!

Der Wenzel

Jetzt der Hiltler halt wieder vorbeikommen und wieder gesagt: Jetzt zieh ich dich aber heraus aus dem Sumpf, Herrgott noch mal! Die werden gleich wieder schießen!
Und mein Vater sagt wieder: Nein, nein! Ich bet zu den heiligen Schutzpatronen! Das muß reichen!
Und schließlich eingesunken gewesen! Bis übers Maul noch auch. Und im Gesäure gestanden vom Bombengranattrichter. Da ist meinem Vater der Kragen geplatzt und er plärrt: Ihr Schutzpatronen, ihr laßts mich im Stich? Euren Himmelfahrtskommanten!?
Jetzt haben die Schutzpatronen gesagt: Wir haben dir schon zweimal den Hiltler vorbeigeschickt – und du hast dir nicht helfen lassen!
Jetzt hilf dir selbst, dann hilft dir Gott.

Der Doktor Braun *zur maschineschreibenden Sprechstundenhilfe.*

Schreiben Sie: Kandidat konfabuliert unentwegt! Münchhausen-Syndrom total!
Zu Wenzel.
Und schließlich hätte der Führer Ihren Vater also im letzten Augenblick vor dem Untergange gerettet?

Der Wenzel

Warum auch nicht: Ist ja schließlich ein blutsverwandter Kriegskamerad gewesen zu ihm!

Der Doktor Braun faßt sich an den Kopf.
Dunkel.

I.9. JENSEITS DES TODES III

Friedhof der Fernseher: Wenzel trifft aufs Grab des Doktor Braun.

Der Wenzel
Da schau her, der Doktor Braun!

Doktor Braun hat augenscheinlich – entgegen zeitlebens geäußerter Skepsis – ans Jenseits geglaubt. Nicht unbedingt zu seinem Glück.

Im Jenseitsfilm: liegt er auf einem Operationstisch. Nackte weibliche Engel schneiden seine Haut auf. Und holen Zucker hervor, den die gierig verzehren.

Die nackten Engel
Das ist der Zucker der Todes. Der letzte Zucker des Lebens.
Der Zucker des Todes aber ist süßer.

Dunkel.

I.10. KOPFBALL

Auf freier Flur: Wenzel muß mit einem Trupp Gefangener – darunter die Kommunisten, Baptist Sturm und der Photograf Weiss – Geleise legen für den Zug, in dem er später mitfährt: für den Zug ins KZ.

Der Chor der Gefangenen
Die Geleise, wo wir legen müssen.
Gehen durch einen uralten Judenfriedhof.
Als ein ganzer sind die Gräber voller Gras.
Die werden jetzt dran glauben müssen. Die Gräber.
Durch das Grabengraben.

Der Aufseher Hirnet
Ruhe!
Der Wenzel
Wo gehen die Geleise hin?
Der Baptist Sturm
Pschttt!
Der Wenzel
Wo die Geleise hingehen?
Der Baptist Sturm
Weiß der Teufel!
Der Aufseher Hirnet
Essen fassen!
Er läßt Suppe verteilen.
Der Baptist Sturm
Durchfallsuppe. Nur ein paar scheinheilige Fettaugen drinnen! Kreuzfuchtig könnt ich werden!

Alle essen. Alle flüchten nach wenigen Minuten ins Gebüsch.

Der Wenzel *hinter Gebüsch.*
Man muß mords aufschauen! Daß man sich nicht gescheit vollmacht. Bei der Gelegenheit.
Der Aufseher Hirnet *pfeift.*
Und jetzt: Grünwinkel gegen Rotwinkel!
Und du photographierst alles, Weiss!

Er nimmt einen Totenkopf und wirft ihn in den Himmel. Das Spiel beginnt.
Wenzel ist im Tor und monologisiert: Der Photograf Weiss muß für Hirnet vom Spiel Bilder schießen.

Der Wenzel *im Tor.*
Ich tät auch gern ein Tor schießen. Oder gar köpfen. Wenns hochkommen tät. Mit dem Totenkopf da! Aber mich habens zum Teufel hinein ins Tor gestellt. Die Krüppel. Weil ich doch groß nicht laufen kann. Schon gar nicht schießen. Und wenn

ich doch geschossen hab, war es dir ein Eigentor. Obwohl, daß ich allweil so getan hab, als hätt ich ins Tor geschossen vom Gegner. Bloß weil dem Gegner sein Tor auch das eigene Tor ist. Drum hätt ich das eigene Tor halten sollen eher. Und nicht schießen.
Ich hätt halt sollen warten im Tor, bis die andern zu Schuß gekommen sind. Das will ich halt auch wieder nicht leiden. Die ewige Warterei allweil! Und die kommen allerding nicht zu Schuß, ewig lang nicht! Weil alle ineinander eher wühlen! Wie spielen!
Und wir haben doch bloß ein Tor und einen Kopf.
Da schießt die eine Partei von hinten ins Tor. Und die andere will das Ding von vorn probieren.
Bloß ich! Bloß ich muß mich allweil drehen. Hinum und herum. Wie so ein Stück Vieh, was den Ding hat. Den Drehwurm.
Kein Wunder, daß man da nimmer weiß, wo einem der Kopf stehen tut. Den ich halten tu für den Ball. So kugel ich bloß mehr herum wie ein Törichter. Kenn mich allerding nimmer aus. Von Rechts wegen.

Dunkel.

I.11. UND DA HAB ICH MICH AUF SO EINE GROSSE BLUME GESETZT

Im Viehwaggon: Wenzel, die Kommunisten, Baptist Sturm, die Fabrikantengattin und der Photograf Weiss fahren nun im Zug, dessen Geleise sie selber haben legen müssen.

Der Chor der Gefangenen
Zum Führer seinen Geburtstag haben sie uns eingeladen.
Zum Führer seinen Geburtstag haben sie uns eingeladen.
Im April. In den Viehwaggon.

Die Fabrikantengattin *zieht einen kleinen Karton mit Luftlöchern, aus dem es piept, aus ihrer Kleidung hervor.*
Mein kleiner Titan: Du kommst mit mir!
Du kommst mit mir!
Der Photograf
Möchte wissen, wo die Reise hingeht!
Der Baptist Sturm
Die Geleise haben wir doch selber gelegt.
Unser Ziel ist ...
Der Wenzel
Pscht!
Er zeigt mit dem Kinn auf Courasch und ihre Kinder: das jüngste, wenige Wochen alt, saugt an ihrer Brust.
Die Puppa *singt.*
Regentropfen, die an dein Fenster klopfen ...
Die Courasch
Wenn ihr wissen tuts, wo die Reise hingeht ...
Dann hauts doch ab!
Der Photograf
Der Zug hat keine Notbremse.
Die Puppa
Wo fahren wir hin, Mama?
Die Courasch *zeigt auf Wenzel.*
Frag den. Der da weiß es.
Der Wenzel
Wir fahren jetzt ins Ausland hinein auch!
Das kann ich wissen, weil ich hab schon einmal dorthin müssen!
Die Puppa
Wo bist da hinkommen?
Der Wenzel
Ich bin fort und ins Ausland einfach hinein auch.
Jetzt ist auf einmal alles voller Wasser. Jetzt kann ich wieder nicht durch!
Kann ein ganzer See gewesen sein. Wenn nicht ein Meer.
Auf einmal hab ich dann die großen Blumen gesehen. Blumen, ach Gotteshimmelswillen!

Die haben mir noch gefallen gehabt, die Blumen.
Die Puppa
Und hast du die schönen Herzblumen gepflückt?
Der Wenzel
Da hab ich mich gefürchtet dann. Und gedacht: Ich bin doch nicht schwer. Hab ich mich auf die Blumen hinaufgesetzt. Von einer auf die ander. Und fang das Schwimmen an dann.
Dahingegangen! Dahingeschwommen!
Auf einmal kommen keine Blumen nimmer!
Wie nichts mehr war, jetzt hab ich gedacht: Jetzt muß ich ersaufen. Jetzt hab ich um Hilfe geschrien.
Die Puppa
O Gott!
Der Wenzel
Ja! Ja! Zu allem Glück, daß oben der Herrgott war. Der hat das Ding gesehen.
Und mich gezogen aus dem Wasser. Sonst wär ich ersoffen.
Sonst lebert ich nimmer. Ich wär im Meer oder wo ertrunken.
Ich weiß nimmer, wo es war.

Baptist Sturm geht auf die Fabrikantengattin zu.

Zwischen dem Meer, da läuft doch noch einmal ein Kanal durch.

Sie erkennen sich.

Die Fabrikantengattin
Baptist?!
Der Baptist Sturm
Lea!

Sturm kommt auf: im Hintergrund, sehr fern, die Vögelchöre ihrer Liebesbegegnung bei der Martersäul.

Der Wenzel

Da sind so Pfähl geschlagen gewesen. Hab ich gedacht: Das Wasser kann aber nicht tief sein, wenn sie da Pfähl hineinschlagen können.

Und bin in ein anderes Land gekommen. Alles unter Wolken. Und der Teufel, der hat seine Höll da droben in den Wolken. Der hat dauernd glühendes Feuer und hat glühende Kacheln. Da schürt er unten ein und oben brennt das Feuer ein paar Meter hoch. Da schmeißt er die Menschen, die Sünder hinein in das Feuer. Wo sich nicht vor dem Sterben verzeihen können.

Die kommen alle in das Feuer hinein. Und da fangen sie das Brennen an. Da verbrennen sie. Und sind doch nicht tot dagegen.

Die Puppa

Wie ist das zugegangen früher auf der Welt, vor ihrer Erschaffung?

Der Wenzel

Da ist alles lauter Wasser gewesen. Weltweit. Da sind bloß so kleine Erdteil gewesen.

Und von den Erdteilen hat er das Wasser auch weggetan. Der Herrgott.

Und hat die Erdteil zusammengetan. Zusammengemacht. Allmal wieder Land hineingebaut. Daß es das Land nicht wegschwemmt.

Die Puppa

Und haben die Menschen dann die Vögel erschaffen? Und die Vögel die Brombeerbüsch? Und die Brombeerbüsch die Brombeeren?

Der Wenzel

Der Herrgott hat alles erschaffen. Durchs Sprechen. Damit wir uns auch und alles verstehen tun. Die Vögel fein auch. In schönen Augenblicken.

Kann sich ein paar Mal auch versprochen haben. Der Herrgott.

Und so ist es zugegangen. So hat alles angefangen.

Und die fliegen noch jetzt auseinander. Und treffen zusammen in dem Loch, was alles einsaugt auch wieder. Von der anderen Seite her. Wo es ausglüht. Den Stein der Stern. Den Staub und alles.

Es wird dunkel. Man hört den Vogel aus dem Karton heftig piepsen. Plötzlich: Photo-Blitz und Blitzgeräusch. Und man sieht sekundenkurz Baptist Sturm und die Fabrikantengattin in inniger Umarmung.

Der Photograf
Kein Grund zum Erschrecken, Herrschaften.
War nur ein Geistesblitz! Wo mir grad durch den Kopf geschossen ist:
Ich photographier jetzt mit einer Geisterkamera ganz einfach die Wirklichkeit.
Er photographiert mit seiner »Geisterkamera« alle im Waggon: also nur mit Blitzlicht und Blitzgeräuschen.

Licht.

Die Puppa
Und bist in einem Zug auch einmal gefahren?
Der Wenzel
Das glaubst! Und zwar in diesem Augenblick!
Der Baptist Sturm
Alle müssen wir fort von der Welt!
Aber so! So nicht! Nicht mit mir!
Die Courasch
Und willst nicht raus aus dem Zug?
Der Wenzel
Eine Reise, daß man die Händ zusammenschlagen könnt über den Kopf. Wo so Zeug einfallen tut.
Was will ich da mehr wie beten?! Zu armen Seelen.
Wie die Mutter mich geheißen hat.

Die Courasch
Du mußt springen! Trau dich! Courasch!
Der Baptist Sturm *zu Courasch.*
Courage?! Courage?!
Die Courasch
Courasch, so heiß ich! Und nicht für nichts und wider nichts!
Der Wenzel
Es geht mir jetzt durch den Kopf durchaus, daß es mein Tod genauso kann sein.
Wenn ich herausspringen tu aus dem Zug.
Der Baptist Sturm
Geh, springen wir!
Die Fabrikantengattin
Nein!
Die Courasch
Springts ihr!
Der Wenzel
Warum du nicht?
Die Courasch
Wegen der Kinder mein!
Der Wenzel
Na ja, ich weiß es grad nicht, was das für ein Ding ist. Das Springen.
Das Springding da.
Er schlägt ein Kreuz.
Schon geht es langsamer.
So, jetzt ist es soweit gekommen, daß ich spring.
Die Courasch
Spring!
Der Wenzel *tut so, als sei er aus dem Waggon gesprungen, imitiert mit dem Mund Schüsse. Und sitzt plötzlich auf seinen fünf Buchstaben und tut so, als zöge er sich am verletzten Knöchel Brombeerstacheln aus.*
Und ich spring in einen Brombeerbusch.
Ich kann ein los zerkratztes Gesicht haben. Durch die Ranken.

Der Baptist Sturm
So ein Kasperltheater da!
Ich riskiers wirklich!
Die Fabrikantengattin
Bleib!
Der Baptist Sturm
Komm mit!
Die Fabrikantengattin
Nein!
Sie küßt ihn und hält ihn fest. Er macht sich los.
Die Courasch
Viel Glück!

Baptist Sturm springt aus dem Waggon.

Der Wenzel
Kann auch eine Gehirnerschütterung gekriegt haben.
Durch das, weiß ich nicht, wies weitergeht. Falls es anders zugegangen ist.
Und alles kann überhaupt erst eingetreten sein. Durch die Gehirnerschütterung.
Und das ist ja wie ein Erdbeben die Welt jetzt!
Und ich – durch und weiter!

Man hört Schüsse.

Die Fabrikantengattin *singt unter Tränen Fetzen aus »Die lustige Witwe«.*
Nicht einmal das hat er zustande gebracht für mich in Waldsassen, mein Hermann: Die lustige Witwe!
Sie weint wieder. Der Vogel piepst etwas. Sie murmelt.
... Die Fabrik, Lea... Alter Familienbesitz, Lea... Versetz dich doch bitte in meine Lage, Lea...
Hermann, ohne meine jüdische Mitgift wäre deine Fabrik bereits der Inflation zum Opfer...
Der Vogel piepst heftig. Sie heult hysterisch.

Verteidige ihn nicht auch noch, Titan!
Der Vogel piepst heftig.
Titan!
Der Vogel piepst heftig. Sie beißt ihm den Kopf ab.

Dunkel.

II. TEIL
ALLE VÖGEL SIND SCHON DA IN AFRIKA

II.1.

Wenzel liegt im Fieber auf einer Krankenpritsche. Courasch ohrfeigt ihn.

Die Courasch
Komm zurück! Komm zurück!
Der Wenzel
Heiß ist es da! Bin ich am End in Afrika?
Und Afrika ist Ausland. Aber wie ich da aufkreuz, jetzt ist das Ausland kein Ausland mehr. Weil überall seh ich den Hiltler herumstehen in der Weite. Debattieren und alles mögliche. Wie schreien und schimpfen. Vor Ärger über seinen Zorn. Weil ihn die, wo da sind, nicht recht verstehen können. Das schwarze Volk jetzt. In Afrika drunten. Die schütteln in einer Tour die Köpf nur!
Ich fürcht mich fein grad arg um ihnen. Daß der Hiltler auf so ein Ding hinauf nicht kriegen tut einen Mordsgrant. Und alles hineingeht in den Granatenkrieg. Auf Übersee und alles.
Alles untergehen tut in Ozeanen und Zeug. Nichts Gescheites allerding nicht kommt. Aus der Luft. Wie Bombengranatenzeug. Wos Wasser brennt. So voll Öl wird der Wind. Und Rauch wie oft auch.
Es Tote gibt zu Haufen. Nicht recht lang in Afrika.
Durch Krokodile.
Die Courasch
Jetzt hilft einmal alles nichts. Da mußt hin zum Hiltler. Und ihm seinen Wahnsinn ausreden!

II.2.

An einem Feuer.

Der Hiltler
Hilf mir halt, der Krieg ist in Nullkommanix vergeigt.
Rück ein, Kerl! Rück ein!
Der Wenzel
Ich hab doch keine Montur und keine. Keine rechte Lust nicht!
Was will ich da auch im Krieg ohne Lust?! Nicht einmal ein Gewehr hab ich!
Der Hiltler
Wir sind doch verwandt zueinand!
Durch das Blut von der Mutter. Durch Östreich!
Durch das Urmutterzeug ineinander!
Der Wenzel
Du hast die Lungenkranken sterisieren lassen!
Und den alten Frauen die Stöck weggenommen!
Der Hiltler
Ja, wenns sonst nix ist! Ja, warum sagst das nicht gleich?!
Das kann man doch ausräumen! Mit mir kann man doch reden!
Über Deutschland! Über alles!
Der Wenzel
Du warst doch die gesamte Zeit besetzt. Da hat niemand zuhingedurft zu dir.
Da hätten mich deine, meine eigenen Leut hätten mich da derschossen!
Und die Besetzung nicht. Da hat allen Augenblick eine Granate eingeschlagen. Oder ein Geschütz. Alles weggekämpft gewesen bereits. Geschossen haben sie so Zeug. Wie Schwefel. Und Bomben geschmissen. Alles demoliert gewesen auch und Rauch. Und Aschenhaufen haben geraucht.

Und da bin ich nicht zuhinkommen mehr zu dir!
Und da hast nur du fest weitergekämpft mords! Wies alle bombardiert haben ineinander.

Der Hiltler

Was wolltest mir nachher sagen?

Der Wenzel

Laß Afrika in Frieden!
Weil die dritte Offenbarung von Fatima: Zuerst brennt Afrika. Dann brennt die ganz Welt!

Der Hiltler

Juckt mich?

Der Wenzel

Kerl, was ruinierst denn du für einen Haufen Leut?!
Für sonst und wider nichts!

Dunkel.

II.3.

Wieder im Barackenbett.

Der Wenzel

Arg geschwind muß ich jetzt schauen, daß ich weiterkomm.
An ihm vorbei.
Und hinein ins Ausland. Wo er nicht ist, ist Ausland.
Da werd ich arg geschwind. Ganz narrisch geschwind will ich jetzt da hin.

Courasch ist plötzlich am ganzen Leib schwarz. Ebenso die Fabrikantengattin, die ein Kind an der Brust säugt, und alle andern.
Sie tanzen in Masken und nur mit Strohschürzen bekleidet im Puls der Trommeln um Wenzel herum.

Der Wenzel *für sich.*

Ich kann mir leider Gottes mit dem Schreiben auch nicht hel-

fen groß. Sonst tät ich es euch schreiben, was ihr so redet.
Na ja, dann deut ich halt fingerweis hin danach. Auf ein Weib, geselchtsschwarz und schwärzer. Kuhfinster kann man sagen. Und ich weiß nicht auf welches?
Er schwankt kurz zwischen der schwarzen Courasch und der schwarzen Fabrikantengattin. Courasch droht ihm lachend mit dem Finger. Er zeigt auf die schwarze Courasch.
Und jetzt deut ich, daß ich gern dableiben möcht.
Die Schwarzen *deuten.*
Ist schon recht.
Der Wenzel
So jetzt hab ich fein ein Weib. Mit einer arg einer starken Brust.
Ach, ich hab Freud und alles. In aller Schwärze.
Er springt herum.
Tjuchhu! Jetzt kann ich wieder springen. Als wie ich Flügel hätt dagegen!
Und keine Kinderlähmung mehr!
Plötzlich fällt ihm etwas ein, und er hinkt wieder.
Jetzt wenn ich nur nicht verheirat wär!
Was treib ich da bloß?
Die schwarze Courasch
Da hilft einmal alles nichts. Da mußt hin auf Rom. Und dich scheiden lassen.
Vom Papst Pius!
Der Wenzel
Zum Papst Pius?! Führen nicht alle Weg in den Himmel. Bloß der über Rom nicht?

II.4.

An einem Feuer.

Der Papst Pius
Wo kommst jetzt du her?

Der Wenzel
Aus Afrika.
Der Papst Pius
Und auf welchem Weg bist nach Rom kommen?
Der Wenzel
Ich bin durchs Morgenland kommen auf Rom. Auf dem Meerkanal.
Wo die drei König sind. Und ich hab gedacht: Wenn ich nur einmal die Heiligen Drei König hab. Dann wirds schon gehen. Aber ich hab sie verloren in der Sternfinsternis wieder. Und bin über die drei Berg getal kommen. Und da war unten im Tal eine Mordsgebäudlichkeit wieder.
Und das muß die Höll gewesen sein.
Der Papst Pius
Und wer war da drin?
Der Wenzel
Und da bin ich reingekommen, als ob ich schon einmal dagewesen wär.
Jetzt wars wieder ein Ding wie ein Palast! Wie ein Schloß. Alles zu! Kein Fenster und nichts drin. Und der Rauch quillt dir raus! Und die Leut schreien dir. Da muß doch wo eine Tür hineingehen?
Der Chor aus der Höll/Stimmen
Ja! Ja! Ja!
Eine Stimme
Da kannst nicht herein. Da ist lauter Feuer!
In der Höll!
Der Papst Pius
Und was hast da gemacht?
Der Wenzel
Pfeif hinein! Gedacht: Das wird halt der Teufel sein.
Und zum Teufel, da geh ich nicht nein!
Nein! Nein! Nein!
Der Papst Pius
Und was willst in Rom?
Ich hab nicht ewig Zeit!

Der Wenzel
Ich wollt mich nur geschwind scheiden lassen.
Weil ich ein anders Ding im Sinn hab. In Afrika.
Der Papst Pius
Bist doch gar nicht verheiratet!
Der Wenzel *zeigt ihm ein Hochzeitsphoto.*
Und das?
Der Papst Pius
Da ist ja nichts droben. Nur die Flügel von einem Papagei.

Dunkel.

II.5.

Wieder im Barackenbett.

Der Wenzel
Juchhu! Jetzt bin ich frei! Weib!
Und das Brüstgelüst darf kommen gleich auch noch über mich. Direkt aus dem Herzen kommt es. Wie daß ich da hinlangen müßt von dir.
Die schwarze Courasch
Du darfst nicht gleich. Ins Himmelreich! Da hilft einmal alles nichts. Da mußt erst den Herrgott, unseren großen Gottvater, zum Lachen bringen! Weil dasselbe ist ihm vergangen. Durch die Geschichte. Dann kriegst mich!
Der Wenzel
Der Herrgott soll in Afrika auftreten. Als ein großer Ohrenneger!

Dunkel.

II.6.

An einem Feuer.
Man sieht nur Wenzel ein wenig am nur mehr glutigen Feuer.

Der große Ohrenneger
Wie bist kommen zu mir?
Der Wenzel
Durch eine jüdische Gegend. Ich hab gedacht im Anfang, die sind erlöst dagegen.
Derweil haben sie gesagt: Wir Juden müssen bluten.
Ist grad ein Geschütz aufgestellt gewesen. Und geschossen.
Der große Ohrenneger
Da will ich nichts wissen von so Sachen!
Weißt nichts zum Lachen?
Der Wenzel
Ich bin zu denen kommen in weißen Kitteln. Und mit Dingern wie Mordswespennestern auf den Köpfen. Die haben sich niederkniet alle vor mir.
Jetzt hab ich gesagt: Das muß doch nicht sein? Ich bin fein nicht euer Gott dagegen! Mir wärs lieber, ihr würdet meine Montur kaufen.
Und hab ihnen meine Montur hingeworfen.
Jetzt aufgesprungen wie so Wahnsinnige, die Köpf geschüttelt.
Und immer: Mektar! Mektar! geschrien!
Und wieder niedergekniet und die Köpf wieder gegen den Boden geschlagen.
Und mit den Händen so weitergedreht an der Welt.
Jetzt hab ich gedacht: Jetzt weiß ich, was ihr allweil treibt!
Ihr bewegt die Welt mit euren Händen . . .
Daß sich alles dreht! Um euch!
Der große Ohrenneger *lacht ganz wahnsinnig.*

Dunkel.

II.7.

Im Barackenbett.
Wenzel und Courasch im Feuergeflacker. Engumschlungen.

Der Wenzel
Und in deinem Wasser ist es was!
Was Schönes! Eine regelrechte Tiefenwärme hat das.
In das komm ich direkt wie ein Tauchsieder, so kommt es mir vor.
So ein mords ein schönes Ding wie das ist in dir.

Löwentigergebrüll.

Die schwarze Courasch
Zu Hilfe!
Die schwarze Fabrikantengattin
Mein Kind! Mein Kind!

Löwentigergebrüll.

Die schwarze Courasch
Mein Kind habens mir auch fortgerissen von der Brust!

Wenzel stellt Schlangen auf. Die schwarze Fabrikantengattin nimmt eine Schlange, rollt sie zusammen und gibt ihr die Brust.

Die schwarze Fabrikantengattin
Dann kriegst halt du meine Milch!
Der Wenzel
Ruhig Blut! Ruhig Blut! Ich bin doch jetzt hergegangen und hab bereits angefangen, die Schlangen am Kragen zu packen und aufzustellen. Darf man direkt sagen.
Und die fallen dann her über die Löwentiger, Leparden, Yuma. Und wie sie alle heißen! Aber ich bin durchgekommen.

Durch Afrika!

Die Courasch

Durch Afrika bist. Aber nicht durch den Tod!

Der Wenzel

Was treib ich da?

Die Courasch

Da hilft einmal alles nichts. Da mußt hin zum Tod. Und schaun, wie du durchkommst. Durch ihn.

Die schwarze Fabrikantengattin *tanzt im Kreis, torkelt, die Giftzähne der Schlange in der Brust.*

Au! Sturm komm! Und feg mich weg aus der Welt!
Au! Sturm komm! Und feg mich weg aus der Welt!
Au! Au! Au!

Sie bricht zusammen.

Dunkel.

II.8.

Sturmwind zieht auf: Mit zwei Fackeln am Kutschbock kommt der Tod (Hirnet mit Maske) gefahren. Auf der sogenannten Wagenbühne ahnt man die Schatten der Kommunisten, Baptist Sturms, des Photografen Weiss, der Fabrikantengattin, Puppas und der Couraschkinder.

Der Wenzel

Was muß das für eine hungrige Gegend sein. Wo die Leut so zaundürr werden zu Leichen?

Der Tod

Das ist deine Heimat!
Schau nur genau hin!

Der Wenzel

Wirklich wahr!
Das ist ja der Baptist Sturm! Und der Photograf Weiss! Und die Puppa! Ja, die Frau Fabrikführer!

Der Tod
Und jetzt singen!
Der Chor der Schatten *singt.*
Alle Vögel sind schon da!
Der Wenzel
Aber die haben ja Flügel!
Der Tod
Ich seh keine!
Sag mir lieber: Was ist das Leben?
Der Wenzel
Ein Totenkopftraum allweil schon ist es gewesen.

Dunkel.

III. TEIL
TODESMARSCH INS LEBEN

III.1.

Der Aufseher Hirnet fährt mit einem Wagen, auf dem die Toten liegen.
Vor ihm gehen Wenzel und Courasch einher in KZ-Montur.

Der Wenzel
Wo hast deine Kinder?
Die Courasch
Die sind nimmer! Meinen kleinen Buben von der Brust gerissen. Und direkt ins Feuer geschmissen. Und meine kleine Puppa.
Die hat immer so schön »Regentropfen« gesungen.
Regentropfen, die an mein Fenster klopfen.
Das hat sogar einem SS gefallen! Hat ihr allweil ein Stückel Brot geben.
Und eines Tages ist sie untergangen. In der Scheißgruben. Und nimmer hochkommen.
Jetzt sind alle meine Kinder fort!
Der Wenzel
Hauen wir ab!
Die Courasch
Hab ich dir einen Mordshaß auf alle Hitlerschwänz!
Der Hirnet
He! Wenns ihr sagts: Ich war immer anständig zu euch.
Laß ich euch abzwitschern!
Die Courasch
Einen Schreißdreck werd ich bezeugen!
Das kostet dir Kopf und Kragen, Hirnet, was ich bezeug!
Der Hirnet
Dann wucht ich dich um. Im letzten Augenblick!

Die Courasch
Schieß doch!
Der Wenzel
Komm!
Courasch und Wenzel ab. Hirnet schießt in die Luft.

Dunkel.

III.2. DIE COURASCH IM FLIEGENPILZKLEID

Wenzel und Courasch schleichen auf den Hirnethof. Im Schlafzimmer ziehen sie ihre KZ-Monturen aus. Und Kleider aus dem Schrank an.
Wenzel nimmt einen Anzug, Courasch ein Fliegenpilzkleid. Sie steht kurz vor dem Spiegel, dreht sich. Schließlich flüstert sie Wenzel etwas ins Ohr.
Wenzel versteckt sich dann auf dem Hof. Courasch geht im Fliegenpilzkleid zur Bäuerin Hirnet.

Die Bäuerin Hirnet
Haargenau dasselbe Kleidel hab ich früher auch gehabt!
Die Courasch
Na, so was! Nein!
Courasch schaut ihr tief in die Augen: Kummer hast und Sorgen. Durch deinen Buben.
Die Bäuerin Hirnet
Woher wissen Sie das?
Die Courasch
Von deinen Augen!
Wird schon gut, Mutter, tu dich nicht länger ab. Das wird schon gut. Mutter, hast ein Zugwägelchen?
Die Bäuerin Hirnet
Ja, für was?

Die Courasch
Mutter, ich hab ein kleines Kind.
Courasch schlägt ein Kreuz. Mutter, ich muß dir ein Gebet machen, daß dein Sohn heimkommt. Daß sie ihn nicht aufhängen!
Die Bäuerin Hirnet
Ach ja, ach ja!
Die Courasch
Dein Sohn kommt frei! Es dauert nicht mehr lang, aber du mußt noch was tun dafür.
Die Bäuerin Hirnet
Ja?
Die Courasch
Ja!
Aber zuerst bräucht ich halt das Zugwägelchen.
Die Bäuerin bringt das Zugwägelchen.
Und du hast ein Ferkel, und das schreit die ganze Zeit in der Früh. Und das ist dein Unglücksschwein!
Wenzel traktiert das Schwein im verborgenen.
Die Bäuerin Hirnet
Ja wirklich wahr, das schreit die ganz Zeit!
Die Courasch
Jetzt, gehst hin, gute Frau, bringst das Unglücksferkel. Und einen Sack.

Die Bäuerin bringt das schreiende Ferkel und einen Sack. Courasch macht drei Kreuze über den Ferkelkopf, öffnet sein Maul und spuckt hinein. Das Ferkel ist ruhig.

Die Courasch
Und jetzt ist gleich Schluß mit deinem Unglück!
Und hast ein Fleisch, ein geräuchertes, im Haus?
Die Bäuerin Hirnet
Ja!
Die Courasch
Dann hols schnell, sonst hilft alles nichts!

Ich muß da auch drauf spucken. Dann muß ich drei Kreuze draufmachen und das Fleisch mitnehmen und eingraben im Wald. Und sowie das Fleisch im Wald verfault, vergeht dein Unglück.

Die Bäuerin Hirnet
Ja?
Die Courasch
Ja!

Die Bäuerin bringt das Rauchfleisch. Courasch macht dreimal das Kreuzzeichen drüber. Dann spuckt sie drauf.

Die Courasch
Und du hast ein Huhn, das schreit in der Früh Kikeriki.
Die Bäuerin Hirnet
Ja, das stimmt.
Die Courasch
Und das ist auch dein Unglück!
Aber wenn es einmal auch am Nachmittag um drei schreit. Zu der Zeit, wo der Herrgott am Kreuz gestorben ist...

Wenzel traktiert das Huhn im verborgenen.

Die Bäuerin Hirnet
Ja? Ist es jetzt etwa drei?!
Die Courasch
Ja!

Die Bäuerin bringt das Huhn. Courasch nimmt das Unglücksferkel, das Unglückshuhn und das Rauchfleisch und tut es in einen Sack, den sie aufs Zugwägelchen lädt. Und verschwindet.
Wenzel stößt zu ihr. Sie überfressen sich gleich. Und kotzen. Dunkel.

III.3. JENSEITS DES TODES IV

Friedhof der Fernseher: Wenzel kommt ans Grab des Pfarrers Roth.

Der Wenzel
Ach, dem Pfarrer sein Grab ist das.
Warum ist der Fernseher da nur schwarz?

Offensichtlich hat – entgegen seiner Predigten und Reden – der Pfarrer Roth nicht ans Jenseits geglaubt. Sein Fernseher bleibt schwarz.

III.4. WO DIE GEBRATENEN TAUBEN FLIEGEN

III.4.1.

Im barocken Kirchenschiff: Der Pfarrer Roth leert gerade den Opferstock aus.
Courasch und Wenzel kommen herein. Sie nehmen Weihwasser, machen Kniebeugen, zücken einen Rosenkranz. Courasch murmelt Gebete. Schließlich legt sie sich bäuchlings auf den Boden, breitet die Arme aus. Die Gebete lauter: im Roma-Dialekt.

Der Wenzel
Wir möchterten beichten!
Der Pfarrer
Ja, dann kommts halt in die Sakristei, wenns mit der Andacht fertig seids.
Der Pfarrer geht mit dem Geld aus der Kirche.

III.4.2.

In der Sakristei gibt der Pfarrer das Opferstockgeld in eine Schublade.
Courasch und Wenzel kommen zum Beichten.

Der Pfarrer
Kommt rein. Setzts euch.
Er schaut auf seine Westentaschenuhr.
Was? Schon fünf vor zwölf – und es hat nicht einmal dreiviertel geschlagen.
Da sitzt wieder eine Taube auf dem Uhrzeiger.
Na ja, das werden wir gleich haben.

Der Pfarrer nimmt ein Kleinkalibergewehr und geht. Als er die Sakristeitür öffnet, weiten sich Couraschs Nasenflügel. Sie riecht den Bratenduft.
Courasch schaut sich im Büro um. Sie steht auf und öffnet eine Schublade.
Sie zögert nicht lange und steckt sich das Papiergeld in den Schlüpfer.

Der Wenzel
Was tust jetzt da?
Die Courasch
Wir beichten doch gleich!

In dem Augenblick kommt der Pfarrer zurück. Er sieht jedoch nur noch den Rock wieder herabfallen. Wieder dringt, als der Pfarrer die Sakristeitür öffnet, Bratengeruch in den Raum.

Der Pfarrer
Das sind die Tauben der letzten Tage!
Mir läuft schon das Wasser im Mund zusammen!
Also flugs!

Die Courasch
Beichten wollt ich. Meine Sünden loswerden.
Der Pfarrer
Und du?
Der Wenzel
Ich bleib da.
Die Courasch
Der irritiert mich nicht! Der ist ja wie oft an meinen Sünden schuld!
Der Pfarrer
Im Namen des Vaters und des Sohnes und des Heiligen Geistes: Was hast auf dem Herzen, Tochter?
Die Courasch
Ich kann an keinen Gott mehr glauben! An kein Leben jenseits von dem Leben!
Der Pfarrer
Das mußt aber! Ohne das wär ja der Mensch auch nur wie ein Stück Vieh!
Der Wenzel
Herr Pfarrer, stimmt das wirklich, daß wir Menschen von Schiffkatzen abstammen?
Das will neulich wer aus einer Predigt herausgehört haben. Auf Afrika kann alles hinauslaufen. Jetzt hab ich mich bei einem Schriftsetzer gefragt. Jetzt hat der gesagt: In jedem Buch steht bereits ganz anderes Zeug!
Der Pfarrer
Es ist schon so, wie es in den Büchern steht!
Der Wenzel
Und was steht dann in den Büchern drinnen, wo ich nicht lesen kann?
Der Pfarrer
Daß draußen alles ganz anders ist!
Und jetzt los mit der Beichte!
Die Courasch
Mir brennt was auf der Seel! Aber ich genier mich ja so!
Der Pfarrer
Gott sieht alles!

Die Courasch
Alles?
Der Pfarrer
Alles! Und: Gott verzeiht alles!
Die Courasch
Muß ichs dann überhaupt sagen?
Der Pfarrer
Weiß Gott, ja!
Die Courasch
In Gottes Namen: Gestohlen hab ich. Kleidung, Essen…
Wenzel nickt heftig und zeigt auf sich.
Geld!
Wenzel zeigt auf sich und schüttelt den Kopf.
Der Pfarrer
So gib es zurück!
Die Courasch
Das geht nicht.
Der Pfarrer
So tus in einen Opferstock. Dann kriegt es wer Bedürftiges.
Die Courasch
Darf ich es Ihnen gleich direkt geben?
Sie langt unter ihren Rock.
Der Pfarrer
Aber mach mich nicht verlegen!
Der Pfarrer wird puterrot. Courasch nimmt seelenruhig das Geld heraus.
Die Courasch
Bittschön.

Der Pfarrer nimmt es, zählt es nach. Überlegt. Schließlich gibt er ihr das Bündel Scheine in die Hand.

Der Pfarrer
Du, du bist doch wer Bedürftiges.
Die Courasch
Jetzt machen Sie mich aber verlegen.

Der Pfarrer
Geh! Und geh mit Gott!
Der Wenzel
Ich will auch noch was beichten!
Daß ich verheiratet bin.
Der Pfarrer
Du sollst nicht lügen!
Ich hab euch damals doch gar nicht getraut.
Der Wenzel
Aber das ist nicht gelogen: daß ich mit der da ein Ding treiben will...
Courasch schaut überrascht und droht ihm hinter dem Rükken des Pfarrers mit dem Finger.
Der Pfarrer
Im voraus beichten! Wo gibts denn so was?!
Also Servus miteinander!
Die beiden ab. Als sie die Sakristeitür öffnen, schlägt ihnen wiederum der Geruch der gebratenen Tauben entgegen.

Dunkel.

III.4.3.

In der Pfarrküche: Die Pfarrköchin am Herd gießt Wasser auf die knusprigen Täubchen. Die Küche ist voller Dampf.

Die Courasch
Frau Köchin! Frau Köchin!
Der Herr Pfarrer läßt schön bitten! Sie möchten flugs kommen zu ihm in die Sakristei.
Sie geht. Courasch nimmt die knusprig-braunen Vögel.
Und verschwindet.
Wenzel und Courasch schlagen sich die Bäuche voll.

Dunkel.

III.5. HUNGER

Auf freier Flur.

Der Wenzel
Zu dem gehst nicht!
Der Häcksler ja! Der Häcksler ist ein arger Sakra. Ewig und drei Tag lumpert er mit Weibern in Baracken. Um Wiesau herum.
Und die liederlichen Luschen, wo schon von weiß der Kukkuck wer die Plautzen vollgehabt haben, kreuzen allweil bei seinem Weib, der Häcksler Hertha, auf mit geschwollenem Bauch und sagen: Der Häcksler Gottfried hat mich angebrannt. Ich will Geld. Sonst posaun ich seine Schand aus vor Gott und der Welt!
Und kaum kommt der Häcksler daher in seiner Sonntagsjoppen. Frisch vom Frühschoppen. Einen Mordsrausch im Gesicht bereits gegen Mittag.
Und sperrt ruckzuck seinen Buben weg und ruckzuck seine Alte weg und sagt schließlich zu der in der Hoffnung: Wenn das so steht, kann ja jetzt nichts mehr passieren. Komm ich ruckzuck gleich noch einmal drüber ...
So ist der Häcksler!
Und zu dem gehst du nicht! Hunger hin, Hunger her.
Die Courasch
Dann geh mit!
Sie flüstert ihm ihren Plan ins Ohr.
Der Wenzel
Wenn er besoffen ist, redet er mit dem Hiltlerbild in seiner Metzgerei.

Dunkel.

III.6. JENSEITS DES TODES VII

Friedhof der Fernseher: Wenzel kommt ans Grab Häckslers.

Der Wenzel
Ja, da liegt ja der Häcksler!
Ach, was man da alles sieht!

Jenseitsfilm: Häcksler wird von Huren mit Schweinemasken, in Strapsen und in SA-Uniformteilen zum Exerzieren gezwungen.

III.7. DAS SCHICKSAL IST EINE SAU

Häcksler ist in seiner Metzgerei. Sturzbetrunken.
Häcksler säuft erneut, dann schüttet er aus seiner Flasche der Sau Schnaps in den Rachen.

Der Häcksler
Da, Sau, sauf! Du gefällst mir gut, Sau! Du süße!
Du redest wenigstens nicht so dumm einher! Wie neulich der Saubär! Tut da daher, tut da daher: wie daß er, wie daß er der Herr Hermann *hickst* H-öring wär!
Macht man sich als Christenmensch ja direkt in die Hosen, wenn man so eine Sau absticht! Da, Sau, sauf! Das Leben ist eh hart genug! Prost!
Nur hat der Tod in deinem Fall noch fürs wenigst einen Sinn!
Unsereinem ist durch den Tod alles wurscht zu Lebzeiten bereits. Prost, Sau! Sauf! *Er gibt ihr wieder zu saufen.*
Nur ich, Sau! Durch mein göttliches Preßsack-Rezept bereits zu Lebzeiten unsterblich geworden! Und du dazu!
Auf das müssen wir noch einen Schluck durch die Gurgel jagen!
Wer sagt denn, daß man davon gleich einen Mordsrausch kriegen muß?!

Er trinkt, gibt der Sau noch mal zu saufen. Und sticht sie ab. Sodann hackt er sie im Vollrausch auseinander. Den Kopf stellt er im Laden auf die Theke. An der Wand hängt ein Hitlerbild.
Als er im Hinterzimmer verschwindet, öffnen Wenzel und Courasch die Ladentür, die klingelt, und stellen einen Hund in den Laden. Courasch verschwindet wieder. Wenzel versteckt sich hinter und unter dem Saukopf auf der Theke.
Häcksler kommt in den Laden, sieht nur den Hund, den allerdings zweimal.

Der Häcksler *taumelt. Für sich.*
Was für ein blöder Hund kreuzt jetzt noch in der Metzgerei auf?!
Gottfried, reiß dich zusammen! Und jetzt bitte: Scheißfreundlich.
Er lächelt scheißfreundlich. Laut.
Womit kann ich dienen?
Er sieht niemand.
Kruzisakra!
Jetzt seh ich kein Schwein!
Der Hund kläfft.
Ah, zwei Hund! Wo kommts denn ihr zwei Sauköter her?
Raus! Raus!
Wie die nur zu der Tür reinkommen, die Ladenklingel tut wie narrisch!
Und sind nur zwei Hund!
Raus! Raus!
Er versucht, den Hund zu fangen.
Endlich hat er ihn gefangen. Er öffnet die Ladentür und schießt den Hund auf die Straße!
Herrje! Ich darf ja nicht mit dem rechten Fuß schießen.
Offiziell Kriegsinvalid! Fallschirmspringer!
So – und du kriegst auch deinen Elfmeter in den Arsch, Bruder!
Wo ist jetzt der ander Hund hin?

Ja, versteck dich nur! Ich krieg dich schon!
Der Wenzel *unter und hinter dem Schweinekopf mit Hitlerstimme.*
Dich, dich krieg ich auch noch, Häcksler!
Ich brauch jetzt jeden Mann!
Sonst ist der Krieg endgültig im Arsch!
Samt Endsieg!
Der Häcksler
Mich kann man nimmer brauchen!
Mein rechter Fuß, mein Kreuz – alles im Arsch!
Aber mein Kopf!
Ich bin geboren, mit dem Kopf zu arbeiten!
Original!
Der Wenzel *unter und hinter dem Schweinekopf mit Hitlerstimme.*
Solang er noch auf deinen Schultern sitzt!
Der Häcksler *hin- und hergerissen zwischen Hitlerbild und Schweinskopf.*
Entschuldigen Sie, mein Führer...
Ich hätt jetzt ums Arschlecken geglaubt, der Saukopf spricht.
Und nicht Sie, mein Führer!
Ich muß mich noch einmal nüchtern trinken!
Er trinkt Schnaps.
Unentbehrlich an der Heimatfront, mein Führer! Den besten Preßsack der Welt liefer ich Woch um Woch ins KZ. Tadellos, der! Ohne Täterä!
Der Wenzel *unter und hinter dem Schweinekopf mit Hitlerstimme.*
Im Gegenteil! Ganz im Gegenteil! Eine Maus ist gefunden worden in deinem Preßsack.
Der Häcksler
Wird sofort abgestellt! Wird sofort abgestellt, mein Führer!
Er geht nach hinten und stellt eine Mausefalle im Laden auf.
Der Häcksler *schlägt einen Nagel in die Mausefalle, spießt Speck daran auf und röstet diesen mit der Flamme eines Zündholzes.*

So, jetzt könnts kommen, ihr Luderviecher!
Der Kommandant hat sich schon dreimal ein Loch in den Gürtel stechen lassen müssen, mein Führer! So gut mundet ihm mein Original-Häcksler-Preßsack!
Nur grad schad, daß Sie Vegetarier sind, mein Führer!
Der Wenzel *unter und hinter dem Schweinekopf mit Hitlerstimme.*
Dich brauch ich an der Front!
Sonst ist der Krieg vergeigt!
Der Häcksler
Der Krieg! Der Krieg ist noch zu gewinnen, mein Führer.
Ganz gewiß! Ganz gewiß, mein Führer! Ich wär nämlich Fallschirmspringer gewesen. Und jetzt Kriegsinvalid für Deutschland, mein Führer.
Und ich den Fallschirm gegen Schluß nicht einmal mehr aufspannen müssen:
ihn mir bereits nur mehr vorgestellt! Und mordssanft gelandet in Kiefernkronen!
Aus unvorstellbaren Höhenflügen.
Der Krieg wär im Handumdrehen gewonnen, ich wär die wahre Geheimwaffe:
Gottfried Häcksler – und die Vorstellung von seinem Fallschirm!
Die Methode wär todsicher! Im Grunde die Wende.
Im Krieg.
Der Wenzel *unter und hinter dem Schweinekopf mit Hitlerstimme.*
Eine Mausefalle! Und ein Heer von Mäusen ringsherum!
Ha! Ha!
Der Häcksler
Zu Befehl! Zu Befehl!
Hol ja gleich noch mehr Fallen!
Auf der Stell!
Er eilt hinaus.
Der Wenzel *unter und hinter dem Schweinekopf mit Hitlerstimme.*

Aber nicht zu schnell!
Denk an dein kaputtes Bein!
Er nimmt das Hitlerbild von der Wand, tut den Rahmen herunter und hängt den Saukopf an den Nagel und den Bilderrahmen ringsherum. Das Hitlerbild stellt er auf die Theke, wo vorher der Saukopf war.

Die Ladenklingel ertönt.

Der Häcksler *kommt in den Laden zurück.*
Schon wieder so ein blöder Hund?
Plötzlich sieht er den Schweinekopf und das Hitlerbild. Und erschrickt fast zu Tode.
Kreuzteufel!
Er geht erneut aus dem Laden. Trinkt.

Die Ladenklingel geht wieder.

Die Courasch *kommt in den Laden.*
Gott zum Gruß, lieber Meister!
Bin ein armes Zigeunerweib.
Der Häcksler
Ach, du bist es!
Die Courasch
Eine Wurst bittschön!
Einen schönen Preßsack!
Der Häcksler
Leider Gottes aus!
Der Krieg!
Die Courasch
Ich sterb ja auf der Stell vor Hunger!
Der Häcksler
Schau mich an, Weib!
Als Fallschirmspringer den Himmel
im Sturm erobert...

Die Courasch
Eine Wurst!
Der Häcksler
Der Mensch lebt nicht vom Brot allein!
Die Courasch
Eine Wurst! Bittschön!
Der Häcksler
Es herrscht Krieg!
Was kriegert ich denn dafür?
Die Courasch
Alles, Schatzilein!
Der Häcksler
Alles ist mir zu wenig!
Die Courasch
Einen Kuß!
Der Häcksler
Einen Kuß! Ha!
Dafür kriegst ja nicht einmal einen Wurstzipfel, Weiberl!
Die Courasch
Einen schönen Kuß?
Der Häcksler
Ja, jetzt! Ja, jetzt! Ja, jetzt!
Ja, jetzt überreiß ich alles!
Ja, jetzt ist Gottfried Häcksler wieder Herr der Lage im Geist!
Die Courasch
Einen schönen Schmatz, für mein liebes Schatzerl!
Der Häcksler
Sonnenklar!
Und ich darf mir aussuchen, wo ich den Kuß krieg.
Die Courasch
Ja, das versteht sich! Aber die Augen! Die müssen zu sein.
Und das Licht dunkel.
Der Häcksler
Auf Ehre! Auf Ehre! Ich schwöre!
Für sich.
Ein Mann – zwei Wörter!

Die Courasch
Schwören Sie... Schwören Sie beim Führer!
Oh, Sie haben aber ein schönes Führerbild!
Der Häcksler *erschrickt.*
Ja?
Die Courasch
Ja! Da war er noch jung und schön!
Der Häcksler *unsicher.*
Ich, ich seh nimmer gut!
Und die Fliegen machen ausgerechnet dort ihr Geschäft!
Die Courasch
Ist doch besser als auf Ihrer Wurst!
Der Häcksler
Pfeilgrad, wie Sie es sagen, ist es!
Pfeilgrad! Meine Wurst ist ein Wunder an Reinheit!
Mein Preßsack göttlich!
Der wird mich überleben!
Der Ruf, wo mein Preßsack hat in der Welt!
Die Courasch
So schwören Sie schon...
Ich hab einen Sauhunger!
Der Häcksler
Ich schwöre!
Er zieht – hinter der Theke – seine Hose herunter.
Die Courasch *spaßig im Kommandoton.*
Und die Augen geschlossen zu!
Häcksler schließt die Augen. Es wird dunkel. Man sieht noch, wie Courasch die aufgespannte Mausefalle nimmt...
Der Häcksler
Au! Au!

Licht: Häcksler hängt, durch seine herabgelassene Untermontur an den Füßen gefesselt, kopfunter am Fleischerhaken. Die zugeschnappte Mausefalle ist sein Feigenblatt.
Courasch und Wenzel entwischen unter Lachen. Mit Würsten in Hülle und Fülle.

Der Wenzel *lachend mit Hitlerstimme.*
Du kannst von Glück reden, daß du jetzt wirklich Kriegsinvalid bist, Kerl!
Sonst tät ich dich auf der Stell erschießen lassen! Als Simulanten!

Dunkel.

III.8. JENSEITS DES TODES V

Friedhof der Fernseher: Wenzel trifft aufs Grab von seinem Weib.

Der Wenzel
Das bist ja du, Theress!
Als Gottweib dagegen!

Jenseitsfilm: Naturbilder. Sie geht als Gottweib herum: mit Sonnenmaske.

Das Weib im Jenseitsfilm
Ich bin die Sonne. Ich bin das Grün im Weizen jetzt. Jetzt das Grün in Holunderblättern. Ich bin das Grün im Brombeergezweig. Das schwarze Fruchtfleisch des Paradieses zergeht auf der Zunge des Todes. Da spricht der Wind in den Dornen über die Welt.
Ich aber hab nie von Schluchten gesprochen. Nur von der Sonne!

Dunkel.

III.9. HEUT KÖNNT IHR UNS KREUZWEIS

III.9.1.

Rübenfeld: Die alte Bäuerin Hirnet, ihr Sohn und »das Weib«, das auf dem Hirnethof wieder Magd ist, bei der Rübenernte. Aus dem Bühnenboden ragen die Rüben wie Köpfe. Oder sind es doch nur Rüben? Sie haben jedenfalls auch statt Haaren Kraut wie die Rüben. Es sind die Köpfe der Schauspieler der Kommunisten, Baptist Sturms, der Fabrikantengattin Lea und des Photografen Weiss.
Für die beiden Frauen sind es Rüben. Der junge Hirnet jedoch hört sie reden.
Er übertäubt diese Sensation mit Schnaps.
Wenzel kommt, alle seine Montur am Mann, des Wegs. Er sieht sein Weib und will rasch verschwinden.

Das Weib
Wenzel! Wenzel!
Wenzel tut, als höre er sie nicht.
Wenzel! Wenzel!
Ich bin es doch! Dein Weib!
Der Wenzel
Die ist nicht mein Weib! Das ist meine Mutter!
Das Weib weint.
Du hast ins Herzgeschrei hinein schon Kinder gestillt und alles auch.
Die beiden ab.

III.9.2.

Im Steinloch.

Der Wenzel
Da zeig ich es dir halt ein letztes Mal. Das Ding.

Das Weib
Ja, zeig mir das Zeug! Ich kenn es ja bereits nimmer.
Ich mach mich ja all Tag bereits mit dem Herrgott bekannt.
Der Wenzel *schlägt wild um sich.*
Scheißmücken. Stechen tuns zum Narrischwerden!
Kommst dann mit?
Das Weib
Ich komm nimmer mit. Ich bleib, wo ich bin!
Der Wenzel
Da bleibert ich nimmer!
Wo der jung Hirnet im Krieg so einen Haufen Unzeug trieben hat!

In der Luft liegt ein Zischen.

Das Weib
Was pfeift denn da so?
Der Wenzel
Das werden die Kreuzottern sein. Die pfeifen regelrecht vor Zorn und Neid.
Das Weib
Und Eifersucht!
Der Wenzel
Aber die können uns heut kreuzweis!

Dunkel.

III.10. DER RADIUS DES RADIOS

Auf freier Flur: Wenzel geht mit einem Riesenradio rum: allerdings nur im Radius, den die Kabeltrommel zuläßt.

Der Radio *spielt den River-Quai-Marsch. Wenzel marschiert euphorisch mit. Immer wieder, wenn er aus dem Radius des Radiokabels rauskommt, dehnt sich dasselbe gummiartig,*

schnellt aber dann so zurück, daß es Wenzel fast umreißt. Hinter Wenzel her geht in einer Art Kinder-Stechschritt das Wernerl, einen Holzspreißel als Gewehr geschultert.
Sie hören Nachrichten:
Prag. Truppen der Sowjetunion sind in die tschechoslowakische Hauptstadt einmarschiert...

Wenzel dreht ungedanks weiter. Bis wieder Musik gesendet wird.
Courasch kommt.

Die Courasch
Soll ich dir aus der Hand lesen?
Der Wenzel
Mein Handteller ist ein mistverschorfts Wurzelgeflecht!
Nichts sonst!
Die Courasch
Da steht drinnen: daß du jetzt mit mir kommst.
Ich lad dich ein, Wenzel!
Der Wenzel
Hast ja selber nichts, Courasch.
Die Courasch
Ist das dein Bub?
Der Wenzel
Der ist gefallen. Als Werwolf noch! Und mein Weib hab ich auch eingraben.
Nein, das da ist das Hechtmühlwernerl.
Weil ich bin doch jetzt auf der Hechtmühl Knecht. Maschinenweis ist alles automatisch allweil besser geworden. Seit dem Krieg. Alles elektrisch!
Die Courasch
Jetzt komm!
Der Wenzel
Ich muß noch füttern und misten!
Die Courasch
Für was gibts eine Melkmaschin, für was eine Mistbahn?

Der Wenzel
Und außerdem kann ich nicht weit gehen. Ich kann nur so weit gehen, wie das Stromkabel reicht ... Und die Musik, die ich will ich jetzt hören.
Die Courasch
Komm mit! Dort gibts auch eine Musik im Wienerwald. Komm mit!
Der Radio *singt.*
Wiener Blut! Wiener Blut ...
Der Wenzel
Eine Musik wie im Blut?
In Gottes Namen dagegen!
Zum Wernerl. Sagst der Mama, daß ich heut nicht zum Füttern komm. Weil ich ausgehen tu!
Und der Tata kann halt heut einmal nicht auf die Jagd. Weil er selber Misten muß.
Einmal wirds schon gehen.
Das Wernerl
Und wenn er kommt. Der Russ?
Der Wenzel
Für was hast denn ein Gewehrl?
Das Wernerl
Stimmt.

Wenzel und Courasch ab.
Dunkel.

III.11. GESCHICHTE AUS DEM WIENERWALD

Im Wienerwald: Sechziger Jahre. Zigeunerisch angehauchte Geigenmusik, allerdings verwässert und verkitscht.

Die Courasch
Zwei Backhendl, bittschön!

Der Wenzel
Und eine Musik krieg ich!
Der Kellner
Ich hab schöne Zigeunermusik.
Er macht Musik an.
Die Courasch
Ich kenn alles, was du spielst. Meine Brüder waren alles Musiker!
Die sind beim Geigenspiel direkt geflogen. Direkt geflogen!
Der Kellner
Jaja. Schön war die Jugend. Sie kommt nicht mehr...

Die Hendl kommen. Die beiden hauen hinein wie die Scheunendrescher.
Im Hintergrund sitzen Häcksler und Hirnet an einem Tisch. Am andern: Der Lehrer Schwarz, der Doktor Braun und der Fabrikant im Sonntagsstaat.

Der Hirnet
Die Flurbereinigung ist ein Segen für unser Gegend. Werden endlich die Feldweg teert. Jetzt irritiert mich nur noch die Lindengruppen mit dem Eisenkreuz, da komm ich mit meinem Claas-Mähdrescher nicht vorbei.
Der Häcksler
Haus doch um!
Der Hirnet
Der Scheißnaturschutz ist aufgekreuzt! Aber ich geh allweil wieder mit einer Kanne voll Rohöl rings um die Bäum rum und gieß und gieß und gieß. Und dann hab ich noch in jeden Baum einen versteckten Zinknagel gehaut!
Was wetten wir: In Nullkommanix ist die Lindengruppen dürr. Dann geig ich sie um. Von Rechts wegen!
Das Kreuz bleibt! Das versetz ich ein wenig! Und unser Herrgott kriegt einen neuen Betonsockel. Da laß ich mich nicht lumpen!
Wenn ich mit dem Mähdrescher überall durchkann, dann ist

die Flurbereinigung perfekt! Da ist unser Zrenner schon mords auf Zack!

Der Häcksler

Ja, unser Bürgermeister! Das ist ein rechter Stier, ein feister. Nagelt er doch neulich im NATIONAL, wie die Bombennegerpritschen ihren Superstriptease hinzaubert hat, einen Hunderter auf den Tisch: Den kriegst, wenn ich dich krieg. Schließlich bin ich ein Schwarzer – und schließlich steht mir auch eine Schwarze zu!

Lachen.

Der Hirnet

Eine Schwarze ist mir vom Arsch lieber wie eine Zigeunerfotz!

Der Häcksler

Du, die hat eine Mordsmaschin!

Die Courasch

Maul halten, ihr Nazibande!

Der Hirnet

Du ich bin fein entnazifiziert!

Die Courasch

Mit der Spraydosen oder wie?

Der Hirnet

Das ist üble Nachrede: Nazi!
Wer so was behauptet, den zeig ich an!

Die Courasch

Tus doch! Du! Herr Hitlerschwanz!

Hirnet geht hinter die Theke und telefoniert. Oder tut er nur so?

Der Häcksler

Eine Runde Zwetschgengeist!
Für den Tisch auch!
Der Kellner bringt sie.
Meine Entnazifizierung, die hab ich dem Herrn Pfarrer zu verdanken!

Der Pfarrer vor mir gewesen in der Schlange. Bei dem Entnazi-Zirkus da. Und wieder rauskommen und mir gleich verzählt, daß ihn der schwarze Sergeant gefragt hat: Was du im Krieg?
Und er hätt wahrheitsgemäß gesagt: Pfarrer.
Und der schwarze Bursch verstanden: Fahrer!
Jetzt hätt der gleich gefragt: Was für Autos die besten sind ...
Und wie ich reinkomm und der dicke Neger fragt: Was du im Krieg?
Ich gleich gesagt: Fahrer!
Und er: Ja, was für Autos die besten sind?
Und ich: Die amerikanischen!
Und wusch war die Geschichte gegessen!
Lachen.
Der Fabrikbesitzer
Wie glücklich bin ich! Daß »Die lustige Witwe« endlich zustande gekommen ist!
In der Mehrzweckhalle Wiesau. Wie glücklich wäre erst meine erste Frau gewesen!
Er wischt sich die feuchten Augen aus.
Der Häcksler
Auf »Die lustige Witwe« in Wiesau!
Der Fabrikbesitzer *wischt sich die feuchten Augen.*
Meine Lea selig ...
Der Doktor Braun
Das ist das einzige, was ich zutiefst bedaure. Zutiefst. Daß ich für Ihre Lea nichts tun konnte im Letzten.
Der Lehrer Schwarz
Auf unsere Toten!
Der Doktor Braun
Auf unsere lieben Toten!

Häcksler, Hirnet, Fabrikant, Doktor und Lehrer erheben sich und trinken.

Der Hirnet
Und jetzt lassen wir die Toten – ah: die Puppen tanzen!
Der Häcksler
Und wenn sie nicht gestorben sind, dann gehens jetzt ins NATIONAL.
Ich nehm alles auf mich! Noch hab ich die Spendierhosen an!
Und bald zieh ich sie aus.
Er lacht geschert, Hirnet fällt ein.
Der Lehrer Schwarz
Lieber nicht! Fallst die Hosen wieder vollhast ...
Der Häcksler
Fresse, Kameradenschwein!
Der Lehrer Schwarz
Ich sag ja nicht, ich mein ja nur. Ganz allgemein, Häcksler!
Nur ganz allgemein!
Die Geschichte ist begraben und vergessen, Häcksler!
Der Häcksler *reißt ein paar Hunderter raus.*
Scheiß drauf, ich blech! Ich zahl heut die Zech!
Auch das von den zwei Jammergestalten da!
Zu Courasch und Wenzel.
Nix für ungut!

Alle ab.

Die Courasch
Ich brauch dein Drecksgeld nicht, Häcksler!
Noch zwei Apfelstrudel mit Schlagobers. Und Kaffee und Zwetschgengeist! Und Zigaretten!
Der Wenzel
Heut hast aber mordsmächtig die Spendierhosen an.
Er schaut nach.
Den Spendierrock will ich sagen.
Das Zeug kommt, die beiden essen, bestellen wieder. Schlingen alles im Zeitraffer hinunter.
Der Kellner
Wir schließen leider gleich. Polizeistunde!

Wollen Sie vielleicht zahlen ...

Die Courasch

Das zahlt mein Mann!

Der Kellner *mit Blick auf Wenzel.*

Ist das nicht Ihr Mann?

Die Courasch

Nur ein Bekannter aus dem KZ.

Der Kellner

Wer ist denn dann Ihr Mann?

Die Courasch

In Braunau ist er geboren.

Der Kellner

Ja, wie?

Die Courasch

Die Zech zahlt der Hitler.

Die beiden gehen.

Dunkel.

NACHSPIEL: JENSEITS DES TODES

Friedhof der Fernseher: In einem Grab-Fernseher sieht man den Herrgott die Welt erschaffen.

Der Wenzel
Was tust denn du da, Herrgott noch mal?
Der Herrgott
Die Welt erschaffen.
Der Wenzel
Die Welt ist untergangen in Wasser wieder.
Und das hat das Rutschen angefangen. In Böhmen war alles unter Wasser wieder.
Und der Sündregen hat das Gebirge auf Geburt getauft. Und ich hab Gewitter gehört im Herzen, wo aus den Bergen nur so herauskracht sind.
Daß niemand mehr einen Weg gesehen hat. Vor Finsternis. Bis der Blitz kommen ist.
Aber ich kann schuld gewesen sein auch. Am Untergang!
Weil alles allweil schneller allweil schlechter worden ist.
Draußerhalb auf der Welt in mir.
Der Herrgott
Das ist gut gewesen! Weil alles böse war auf Erden! Von Jugend auf!
Der Wenzel
Es brennt überall ein schönes Licht. Da wünsch ich euch allen ein schönes Licht. Und eine Gesundheit und ein langes Leben. Bis in den Tod hinein.
Und dem Tod eine gute Sterbestunde.
Der Herrgott
Ich fang wieder von vorne an.
Der Wenzel
Das geht doch wieder in den Graben!

Der Herrgott
Ein wenig gescheiter jetzt will ichs schon treiben!
Ich überleg mir jedes Wort jetzt! Weil, was ich sage, kriegt gleich Gestalt.
In einer Sprache ohne Thronen und Mächte und nichts wie Mordsheerscharenzeug fort.
Der Wenzel
Hast ja keine Menschen mehr. Sind ja alle tot.
Der Herrgott
Du bist doch noch! Und da im Hintergrund ein Weib.
Courasch kommt auf Wenzel zu.
Das reicht doch für den Anfang.

Vorhang.

Hydra Krieg

Traumspiel

Die Wahrheit ist ein bewegliches Heer von Metaphern.

Friedrich Nietzsche

Der Feind ist meine Frage als Gestalt.

Carl Schmitt

»I know that you have suffered, lad,
But suffer this awhile:
Whatever makes a soldier sad
Will make a killer smile.«
»I'm leaving, Captain, I must go
There's blood upon your hand
But tell me, Captain, if you know
Of a decent place to stand.«

»There is no decent place to stand
In a massacre;
But if a woman take your hand
Go and stand with her.«
»I left a wife in Tennessee
And a baby in Saigon –
I risked my life, but not to hear
Some country-western song.«

Leonard Cohen

Figuren

Jason/Jonas Anfang Dreißig
Medea Anfang Dreißig
Aison Anfang Sechzig, Vater von Jason
Orpheus/Das Haupt des Orpheus Ende Dreißig
Herakles/Hassan Anfang Fünfzig
Meta Anfang Fünf, Tochter von Medea und Jason
Kora Baby, Tochter von Medea und Jason

Chor der Argonauten/Gotteskrieger/Toten
Chor der Girlies/Sirenen/Huris (toten Frauen)
Stimme von oben

Zeit
Ein *Ring of Fire* ums Jetzt

Zu den Figuren

Jason ist der Sohn des mächtigsten Mannes der Welt. Oder er träumt, es zu sein. Er will nichts von der Welt wissen. Er hat mit seinem Vater gebrochen. Zu Beginn des Stücks sieht er jedoch ein, daß die Macht, wenn sein Vater stirbt, in noch unfähigere Hände gerät, zumal im Angesicht der Hydra Krieg, deren Häupter sich nun auch in der Kapitale erhoben haben.

Jonas (vom Darsteller des Jason zu spielen) ist augenscheinlich, wenn er nicht das abgespaltene Spiegelbild Jasons ist, ein aus der Kaderschmiede des Aites kommender Theologe des Terrors. Er geht die Stationen Jasons zurück, stößt auf dessen Opfer und Verwüstungen, bis er auf Medea trifft.

Medea, die Tochter des Diktators Aites, des größten Feindes der westlichen Zivilisation. Sie konnte in den Westen fliehen und wurde dort zum Supermodel und schwarzen Sexsymbol mit goldblonder Mähne. Sie ist Jasons Frau. Die beiden haben zwei Töchter. Immer noch sind Medeas afrikanische Wurzeln so stark, daß sie Voodoo praktiziert.

Aison ist Jasons Vater, der mächtigste Mann der Welt.

Orpheus ist ein wenig älter als Jason und dessen Freund/Lehrer. Nach dem (durch Jason verschuldeten) Tod Eurydikes will er in den Bergen eine Eurydike und seine Liebe zu ihr verherrlichende Dichtung verfassen.

Das Haupt des Orpheus treibt im zweiten Teil auf dem Fluß des Vergessens dahin – und singt und spricht ...

Herakles ist ein alter Haudegen. Herakles hat – wie alle andern – schon seine mythische Herkunft vergessen. Die vielen für Aison erfochtenen Siege haben sich auf sein Gemüt gelegt und seinen Verstand verwirrt.

Hassan (vom Darsteller des Herakles zu spielen) ist »Hassan, der Hacker«, sofern er nicht das abgespaltene Spiegelbild des Herakles ist, ein alter Gotteskrieger, der versucht, in Computersysteme einzudringen, diese mit Viren außer Kraft zu setzen oder auch nur mit revolutionären Parolen zu infiltrieren.

Die Chöre, mindestens je drei Frauen und Männer.

VORSPIEL: RING OF FIRE

Nacht. Auf dem Gipfel eines Berges. Wind. Grollen wie von einem ausbrechenden Vulkan oder einem Gewitter in der Ferne. In der Mitte eines Rings aus Feuer sitzt Medea in einem mohnroten Kleid, ihre Brüste sind bloß, aber so mit Blut beschmiert, daß deren Blöße kaum ins Auge sticht. In jeder Hand hält sie eine schwarze Schlange...
Jason und Orpheus haben lange Haare.

Jason
Wenn ich die Augen schließe, schlagen Meteore aus purem Gold in meine Netzhaut ein...
Orpheus
Der Zauber der Pilze ist der Kurzschluß mit allem, was lebt.
Jason
Jetzt sehe ich Pfauen mit Schwänzen, die zu Regenbögen werden am Horizont...
Medea
Und ich sehe Pilze am Horizont: Pilze, zu denen Wälder beten, Pilze, zu denen Städte beten, Pilze, zu denen Menschen beten...
Jason
Wenn ich an all die Idioten denke... Die an nichts anderem arbeiten als an der Beschleunigung des Untergangs! *Lacht.*
Orpheus
Dein Vater ist Präsident dieses Landes!
Jason
Da hilft nur LSD ins Trinkwasser von New York City!
Medea
Der mächtigste Mann der Welt hat Krebs – und wird bald krepieren. Und dann?

Orpheus
Dann wird meine Dichtung vollendet sein.
Medea
Wie?
Orpheus
Eine Dichtung, die Gott ins Auge sieht.
Jason
Gottes Auge – ein schwarzes Loch. Wie in einem Totenschädel!
Orpheus
Mir muß man den Kopf nicht abschneiden und einfrieren. In der Hoffnung, irgendeine Zukunft wird mir wieder einen Körper zukommen lassen …
In meiner Dichtung ist alles enthalten … Alles, was war, alles, was ist, alles, was sein wird …
Medea
Auch Eurydike?
Orpheus
Sonnenklar! So wie das Genom entschlüsselt wird, so wird meine Dichtung die Sprache der Schöpfung entschlüsseln – Eurydike und all die Toten zum Leben erwecken, das Paradies wieder heraufbeschwören!
Medea *lacht.*
Die Weichen sind gestellt: Du kannst nur mehr innerhalb des Zugs in die dem Abgrund entgegengesetzte Richtung gehen! Niemand wirst du mehr erreichen mit Worten, die Gehirne sind zerfressen vom Vergessen.
Orpheus
Wir sind in die Berge gegangen, um der Vergiftung durch die Medien zu entfliehen, Medea. Ihrer Logik der Lüge, dem Betrug ihrer Bilder.
Jason
Nach meinem Vater kommen noch größere Idioten an die Macht: Dann ist unser aller Apokalypse Programm.
Noch so ein September – und auch wir in den Bergen sind betroffen. Dann ist alles verstrahlt, die Zukunft unserer Kinder

Asche, unser kulturelles Gedächtnis im Arsch, deine Dichtung, Orpheus, im Orkus ...

Medea

Vielleicht entsteht aus den Trümmern ja was Neues!
Nur mein Kind hält mich zurück ...

Orpheus

Die Juden glauben, 36 Gerechte würden den Erhalt einer durch und durch bösen Welt garantieren ... Der große französische Dichter Artaud glaubte in Mexiko bei den Tarahumaras, die Zusammensetzung gewisser Silben rette die Welt ...

Jason *halb im Spaß.*

Ja, dann ... Dann gehe ich in die Politik! Ha!

Orpheus und Medea *im Chor.*

Yeah!

Jason *langt sich in den Mund, lacht.*

Mir wachsen bereits Zähne, gebogen wie Kleiderhaken ... Meine Lippen werden rissig vom Lügen ... Mein Zungenfleisch gleicht modrigem Pilzfleisch ... Ich höre mich das Paradies auf Erden versprechen ... Sprüche, die alle Sprache schlucken ...

Jason kippt vor Lachen hintüber.

Er legt sich mit dem Kopf unter eine der Schlangen, die Medea in der Hand hält. Orpheus legt sich mit dem Kopf unter die andere: Es schaut nun so aus, als ob ihre Sätze die Gestalt der Schlangen angenommen hätten.

Ich sehe Pyramiden, Medea.

Orpheus

Ich sehe, du bist die Priesterin, Medea, die mich in Stücke schneidet mit dem Dolch aus Obsidian ...

Jason

Die Sinnspitze meiner Existenz ist schon jetzt ein Zucken in deiner Faust ...

Orpheus

Mein Kopf kugelt die Stufen hinab, mein Körper stürzt und wird zerrissen von den Zähnen der Gläubigen. Ich bin die

Hoffnung für sie.
Die Hostie!
Jason *illuminiert.*
Man kommuniziert unser Fleisch und Blut.
Medea *lacht.*
Der Löwe in uns liebkost das Lamm in uns ...
Medea, Jason und Orpheus *im Chor.*
Tataratam: Das Goldene Zeitalter zieht herauf.

Jason lacht, schließlich dämmert er weg.

Medea
Was ist deine Dichtung schon gegen das Goldene Vlies?
Orpheus
Und wo ist es jetzt?

Plötzlich ist Orpheus mit Medea im Feuerkreis.

Medea
Und wir sind wieder, du und ich, im Gluthauch der Savanne, der um unsere Körper spielt, Mann und Frau.
Ich erwache, die schwarzen Zähne zentimetertief im Fleisch deiner Schultern. Blut der Sonne. Ich esse das Mark deiner Knochen. Knorpel, verkrustet mit der Scheiße Jenseitiger, die süchtig macht.
Orpheus
Wir sitzen nackt in einer Höhle, im steinharten Kot Spuren von Blut.
Urwälder aus Atem. Im Wind schaukeln, in Spinnennetzen, Körper toter Fliegen und Hülsen toter Falter, leicht wie Blütenstaub.
Medea
Wir sind Worte in der Mundhöhle des andern.
Orpheus
Eurydike!

Medea
Zungen im Rachen des Nichts verschlungen. Kobras des Lichts.
Orpheus
Du bist zurück aus dem Reich der Toten?
Medea
Wir sind Knochen, aus denen jeder Sinn gesaugt ist.
Außer dem, sich aufzulösen.
Orpheus
Wir erwachen im Körper des anderen. Brüste über meinem Nabel.
Medea
Distelschatten auf meinem Knochen, in welchem der Blitz wohnt.

Lichtwechsel. Medea ist wieder allein im Feuerring: in sich versunken.

Orpheus
Ich muß dir was beichten.
Jason
Schieß los!
Orpheus
Medea und ich...

Jason geht mit einem Messer los auf Orpheus, das er ihm, indem ers flugs fallen läßt, zum Schein in den Rücken stößt. Die beiden lachen in langen Kaskaden. Jason nimmt das Messer erneut im Spaß.

Orpheus *lacht.*
Peace, brother! Peace!
Jason
Make love not war – mit meiner Frau!
Orpheus
Sie ist plötzlich Eurydike... Eurydike hat durch Medea

hindurch ... Aus dem Ozean empor, aus dem Tod im Türkis ...

Jason

Hör auf!

Orpheus geht Feuerholz suchen.

Oder ist alles nur Illusion: Freundschaft, Liebe?

Das All eine einzige Wucherung? Alles Leben ein Fehler des Universums, der eigene Abgang eingeschrieben im Codex des Genoms?

Orpheus, ich ... Ich werde zerquetscht von den Zahnrädern des Molochs ... Geier zausen herum an mir ... Ihr Gefieder ist ausgefallen im ätzenden Atem der Unterwelt ... Ich schwimme mit aufgetriebenem Bauch in der quecksilbrigen Brühe der Flüsse ... Ich verrecke als Pfauenauge im Giftqualm der Pestizide ...

Orpheus *kommt mit Holz zurück, wirft es ins Feuer, dann schüttelt er Jason.*

Hey, nicht auf Horror kommen, Jason!

Jason

Und jetzt wieder Mohn im Wind ... Mein Vater wirft mich bis zum Himmel hoch ins Blau ... Ich töte einen Zitronenfalter auf der Purpurblüte einer Distel. Ich töte. Ich töte, kaum daß ich denken kann.

Silberzungen jetzt in der Sonne ... Der Colorado fließt durch mich ... Ich bin die Quelle, die Mündung ist Medea ... Mein Tod in ihr ist ein Traum ...

Im felsigen Bett unserer Liebe ... Ich bin Blut im Herzschlag der Steine ... Meine Lungen atmen durch die Verzweigungen des Farns .... Und es bebt der Beton und bröckelt hinab in die Grotten, wo mein Herz begraben ist bis zum Jüngsten Tag ...

Lichtwechsel.

Nun sind Medea und Jason im Feuerring.

Medea

Heute ist der Tag. Komm.

Jason
Du hast mit Orpheus geschlafen? Wie vor fünf Jahren?
Medea
Er hat Afrika erstehen lassen in mir – mit seinen Worten. *Mit Nachdruck.* Ich war ihm plötzlich Eurydike ...
Jason
Sei still!
Medea
Wo bist du, wenn du in mir bist?
Jason
Im einzigen Stück Land, das sich zu verteidigen lohnt ...
Medea
Jetzt das Leben weitergeben ... Die Sterne stehen gut ...
Jason
Deine Augen leuchten ... Wie jetzt das Schwarz in deine Pupillen schießt ... Ich werde Leben hervorrufen in dir im Rhythmus des Regens ...
Medea
Im Rhythmus der Brandung ... Mein Blut sucht das Licht ... Es kommt aus dem Himmel ... Und geht durch uns hindurch ...
Jason
Ich stürze gleich in deinen Abgrund.
Medea
Jetzt!

Plötzlich grelles Licht. Musik. Partystimmen. Gläsergeklirre. Chor der Girlies singt eine Techno-Version des Beach-Boys-Hits »Fun Fun Fun«.

Aison *im Lichtkegel.*
Diese Party ist für dich, Jason, mein Sohn!

Die Girlies in Miniröcken, die im Licht oszillieren, stürzen sich auf Jason und reichen ihm einen Drink.

Jason *trinkt, schließt die Augen. Für sich.*
Mein Vater mit lila Lidern ... Sein Kopf mutiert unter kosmischem Druck ins Fischköpfige, jetzt Saurierhafte ...
Laut.
Vater, du bist wieder gesund?
Aison
Aber ja!
Jason
Die Mädels müssen mir Acid in den Drink getan haben ...
Aison
Ganz New York City ist high!
Das war d-i-e Idee, Jungs! Der Dank des Vaterlands ist euch gewiß! Der Kalte Krieg ist vorbei.
Musik erklingt: eine Techno-Version des Beach-Boys-Hits »Good Vibrations«, dessen Text Aison karaokemäßig singt, die Girlies akkompagnieren natürlich.
Jetzt müssen noch ein paar ökologische Zeitbomben entschärft ... Ein paar Löcher gestopft werden im All ...
Geflüstert.
Aber ich höre sie gar nicht mehr ticken, vor lauter ...
Und, Jason, das Wahnsinnigste ist: Ich habe jetzt sieben Schwänze!
Ich kann gleichzeitig eine Schwarze, eine Indianerin, eine Chinesin, eine Mexikanerin, eine Russin, eine Israeli, eine Palästinenserin lieben ... Und die Symbolkraft ist ungeheuer!
Willst dus sehen? Mach die Augen auf!
Plötzlich liegt Medea unter Aison, der dreckig lacht.
Und hinterher hat mir Medea eine Reise um die Welt versprochen.
Jason zückt ein Messer und stößt es Aison in den Rücken.
Dunkel.
Licht auf die Wunde: Aus der Wunde kriechen sieben Schlangen ...

TEIL I
JASON
I.1. JASONS ABSCHIED VON MEDEA UND DEN KINDERN

Jasons und Medeas Wohnung.

Meta

Nicht den Fernseher! Nicht den Fernseher!

Medea

Dein Vater kommt. *Sie schaltet das Fernseh-Gerät an.*

Jason *im Fernsehen. Er läßt sich die langen Locken abrasieren.*

Ich bin Jason. Der Präsident unseres Landes, Aison, ist mein Vater.

Ich komme zurück aus den Bergen. Dort wollte ich, fern von allem, in Frieden leben mit meiner Familie und einigen Freunden ...

Aber das, was geschehen ist ... *Er hustet, den Tränen nahe.*

Meta *zu Jason im Fernseher.*

Papa, damals in dem Donnersturm. Da haben die Bäume so getanzt. Die haben sich so gebogen. Damals in dem Donnersturm. Wie unser Haus!

Und der Wind hat gewollt, daß wir krank werden. Und hat das Fenster. Da ist das Fenster, ist aufgesprungen. Damals in dem Donnersturm.

Und im Blitz dann ein Flugzeug! Die kleine Kora hat ganz, ganz sehr geweint.

Und ich. Ich hab auch weinen wollen.

Medea

Das war doch ein Film!

Meta *zeigt auf den Fernseher, dann aufs Fenster.*

Das war in echt! Ich habe es aber zuerst da gesehen – und dann war es auf einmal auch draußen ...

Jason *im Fernsehen.*
Aber das, was geschehen ist, erlaubt nicht, sich länger der Verantwortung für unser Land zu entziehen.
Meta *klopft gegen die Mattscheibe.*
Papa! Papa, warum redest du nicht mit mir?
Medea
Da, wo ich herkomme, gab es nur einen Zauberkasten. Im Schlafzimmer des Vaters sah ich eines Sonntags einen gewissen Jason ...
Jason *im Fernsehen.*
Ich werde – vor den Augen der Nation – meinen Vater um Vergebung bitten ...
Jason *hat sich leise in den Raum geschlichen.*
Und ich sah dich: im »Playboy«, nackt, im Ringkampf mit einer schwarzen Schlange ...
Meta
Papa!
Medea
Jetzt aber ab ins Bad, Meta.
Meta
Ich will nicht ins Bad! Nie mehr im Leben!
Medea
Setz dich einfach auf den Thron und warte – wie eine Prinzessin ...

Meta ab.

Medea
Und jetzt bin ich zum zweiten Mal zerrissen vom Kopf eines Kindes, das Jason gezeugt hat in mir.
Jason
Ich mußte erst die Fäden durchschneiden. Damals.
Medea
Schicksal! Ich war zugenäht! Meine Klitoris Spielzeug der Skorpione ... Mein Vater hat mich einer Schlächterin übergeben, und er überprüfte sie eigenhändig, die Fäden. Ich war ge-

zwungen, mein Gesicht zu verlieren hinter einer Burka... Ich durfte als Priesterin des Goldenen Vlieses keinen Mann ansehen... Und doch hatte sich mir dein Bild aus dem Zauberkasten eingebrannt auf ewig...
Aber in deinem Land die Augen des tausendäugigen Drachens allüberall in den Höllenschächten der U-Bahnen, über den Kassen der Supermärkte, über den freien Plätzen machen mir Angst.

Jason
Der nächste Terrorakt ist der finale – auch für die Angreifer!

Medea
Und das willst d-u verhindern?
Du, der verlorene Sohn, der Aussteiger, der Pazifist...

Jason
Ich gehe in die Politik. Ich ziehe in diesen Krieg. Das Goldene Vlies in der Hand unserer Feinde ist unser Tod.

Medea
Sie glauben, der Westen wäre bereits in dessen Besitz, Jason. Durch mich... Das Goldene Vlies ist hier. *Sie zeigt auf ihren Kopf.*
Am besten, du lieferst mich den Gotteskriegern aus...

Jason
Nie! Nie! Nie!

Medea
Nichts fürchte ich so sehr als den Tag, der uns trennt.

Jason
Ich kehre wieder.

Medea
Aber wer bist du dann?

Jason
Ich gehe zu meinem Vater!

Medea
Seinen Tod – wünschst du doch!

Jason
Gib ihm drei Jahre von meinen!
Noch bin ich nicht stark genug... Wenn mein Vater jetzt ab-

tritt, kommen Leute an die Macht, korrupter noch, kaputter noch, blinder noch...
Im Namen unserer Kinder: Medea, falls du noch einen Funken Voodoo in dir verspürst, so verjünge ihn!
Medea
Medea wird den alten Sack auf vierzehn Teile zerschneiden. Medea wird als Schwarze das Fenster des Weißen Hauses öffnen und den mächtigsten Schwanz liebkosen lassen von den Winden der Welt. Vor aller Augen wird der Regen die Blutspuren reinigen. Im Licht der Goldzungen des Gewitters...
Jason
Immer noch die alte.
Meta/Stimme
Fertig! Papa!
Medea
Ich gehe!
Jason *hebt ein schlafendes Baby hoch und küßt es. Die kleine Kora beginnt zu schreien.*
Ist ja gut, kleine Kora. Ist ja gut. Friß mir nicht das Herz auf, Kora. Mit deinem Geschrei.

Medea kommt zurück. Jason umarmt sie.

Medea *nimmt das Baby an die Brust.*
Leb wohl, Jason.
Jason
Ich liebe dich.
Meta *kommt im Nachthemd mit einer roten Plastikrose.*
Papa, damit du mich nicht wieder vergißt... Das ist eine Blume von meinem Grab.
Und wenn du an die Blume denkst, siehst du mich. Und kannst mich besuchen. Da, wo ich nie war sogar!
Jason hebt sie hoch und umhalst sie. Dunkel.

I.2. JASON UND AISON: DER VATER ALLER DINGE

Ein Raum, von dem aus die Welt beherrscht wird.

Aison
Jason! Wie glücklich ich bin!
Dein Vater ist todkrank! Und dieser Krieg – aus heiterem Himmel!
Ich las gerade in der »Ilias«, als Ares mich wiederum in die Pflicht nahm.
Eine Stunde Seneca, eine Stunde Cicero: Ceterum censeo...
Jason
... Carthaginem esse delendam...
Aison
Morgen um Morgen um Morgen! Und immer wieder die »Ilias«! So bleibt der Kopf in Schuß, mein Junge.
Jason
Alle Welt glaubt, du bist leicht unterbelichtet...
Aison
Demokratie! Grundregel Nummer eins: Nie klüger erscheinen als die Massen!
Ja, laß sie glauben, sie seien gar klüger als du – der mächtigste Mann der Welt.
Haha! In Wirklichkeit ist unter dieser Schädeldecke unser gesamtes kulturelles Wissen konzentriert.
Jason
Und die Massen?
Aison
Aus über hundert Kanälen strömen Tag und Nacht die Wogen des Lethe in die Wohnzimmer!
Wohingegen sich hier bei mir Vespasian einfindet, Claudius, der Geist des Augustus: Ich bin im Begriff, ein Gott zu werden...
Mein Gehirn wird konserviert für eine Zukunft, die mir einen

neuen Körper schenken kann. Aber dieser Krieg setzt auch diese Perspektive aufs Spiel.
Um so glücklicher bin ich, daß du zurückgekommen bist zu deinem Vater. Blut hält zu Blut.
Ohne rechtmäßigen Erben ist der Mandelgeschmack des Sterbenmüssens allzu gegenwärtig. Wie alt ist Meta jetzt?

Jason
Vier, fast fünf.

Aison
Und noch ein Kleines?

Jason
Kora.

Aison
Und Medea?
Ich habe Bilder von ihr gesehen. Im Goldbikini, mit goldblonden Locken ... auf, auf einem schwarzen Stier! Irgendso ein Weinbrand aus Europa ... Griechisch oder französisch?

Jason
Spanisch!

Aison
Perfekt!
Ich würd sie dir ausspannen, Junior! Aber dein Vater, okkupiert vom Krebs, ist nun auch Tag für Tag okkupiert vom Terror aus dem schwarzen Herzen der Hydra Krieg! Metastasen innen und außen!

Jason
Medea wird dich verjüngen.

Aison
Die Zwillingstürme, die unsere Feinde »die Brüste der Hure Babylon« nannten, immerhin das Symbol unseres Systems: Schutt und Asche!

Jason
Du wirst auferstehen, Phönix ...

Aison
Dieser Krieg ist unsichtbar. Wie Gas ...

Jason
Ich will in diesen Krieg ziehen!
Aison
Wie?! Saulus wird zum Paulus?
Wo war dein Damaskus?
Jason
Gott hat zu mir gesprochen! In den Bergen.
Aison
Gott?
Im Drogenrausch?
Jason
Auch Orpheus und Medea haben es gehört!
Aison
Ich werde dir die besten Kamera-Teams mitgeben! Und Herakles, den alten Haudegen!
Jason
Ich will selber eine Kamera. Sonst keine Privilegien!
Aison
Dich – muß man sehen!
Jason
Orpheus soll die zweite Kamera kriegen.
Und die Bilder …
Aison
… die ich vorher begutachten werde …
Jason
… mit seinen Worten unterlegen!
Aison
Wie ein Blitz muß auf dem Bildschirm die Echtzeit eurer Fiktion der Fakten einschlagen – und in Sekundenbruchteilen von allen Besitz ergreifen.
Jason *lacht.*
Ich muß es schaffen, das Flimmern der Sanddünen im Mondlicht zu synchronisieren mit dem Flimmern der Monitore der Welt.
Aison *mit verhaltener Ironie.*
Am Ende gelingt dir ja gar, deinem Schwiegervater Aites das

Goldene Vlies zu rauben. Dann wären alle unsere Energieprobleme gelöst – auf ewig!
Aber sieh dich vor! Der hat so viele Doppelgänger: tötest du einen Aites, so kommen gleich zwei neue auf dich zu!
Wie auch immer: Das wichtigste sind die Bilder, die du uns aus diesem Krieg sendest. Deine Vorstellung – ja keine andere! – muß auf der Bühne des öffentlichen Bewußtseins gespielt werden.
Medea hast du schon in der Gewalt, nun mußt du noch die Medien...

Jason

Eine Frau wie Medea hat man nicht in der Gewalt.

Aison

Auch die Medien hat man nicht in der Gewalt, aber ich lasse so viel Scheiße senden auf über hundert Kanälen... Kritische Stimmen verstummen automatisch: Quotenkiller, die kein Sender will... Man macht sich in Regierungskreisen sogar einen Jokus daraus, unter Pseudonym regierungskritische...
Lassen wir das: Du hast da ja Orpheus, den Dichter, dich aufs edelste zu verewigen...
Was wäre Achill, was Hektor ohne Homer...

Jason

Auch über einen Dichter wie Orpheus hat man keine Gewalt.

Aison

Ihr werdet sehen: der Krieg stellt jede Droge in den Schatten!
Der Krieg ist der Spiegel der Schöpfung.
Im Gebirge INSTANT THUNDER zu proben, Phase I für DESERT STORM, heißt: zu sein wie Gott im Sinai!
Dunkel.

I.3. JASON IN DER WÜSTE

I.3.1.

Helikoptergeräusche werden immer lauter: bis man ihr Dröhnen kaum mehr erträgt.

Stimme von oben
Raus – oder habt ihr schon jetzt die Hosen voll?!

Jason, Orpheus, die Kamera auf Jason gerichtet, Herakles und die Argonauten kommen mit Fallschirmen auf die Bühne gesprungen.

Stimme von oben
Achtung, Achtung: Ihr befindet euch in einem Minenfeld!
Herakles *ins Funkgerät.*
Cobra, bitte kommen! Cobra, bitte kommen!
Hier Herakles! Hier Herakles! Ihr Wichser verarscht uns!
Stimme von oben
Tut uns leid! Total! Unser Bordcomputer spinnt…
Jason *schreit.*
Vorsicht, Leute: Wir sind in einem Minenfeld!
Orpheus *in die Kamera.*
Jeder Schritt kann ein Schritt in den Tod sein…

Jählings fängt Argonaut I – wie wahnsinnig – zu laufen an. Argonaut II macht sich in die Hosen. Und Argonaut III bekreuzigt sich. Herakles geht, als ob es ihm egal ist, ob er in die Luft fliegt oder nicht.
Nur Jason schreitet heroisch aus der Gefahrenzone. Und Orpheus filmt Jason dabei.
Am Rand des Gefahrenareals setzen alle sich auf einen Felsblock: der Schweiß läuft, die Pumpe geht, während sich der eine oder andere eine Zigarette dreht. Und Argonaut II verschwindet im Gebüsch.

Jason
Wir sind unbesiegbar, Männer!
Argonaut I
Wir ficken dich Fortuna, alte Fotze!
Argonaut II/Stimme *hinter Gebüsch hervor.*
Wir ficken auch den knochigen Arsch des Todes, Mann!

Lachen.

Argonaut III
Über uns, Leute, leuchtet der Glücksstern!
Stimme von oben
Kein Wunder! War gar kein Minenfeld.
War nurn joke!

Herakles nimmt sein Gewehr und schießt in den Himmel.

Argonaut I
Volltreffer! Der Pilot knickt vornüber. Kopfschuß.
Argonaut II
Rauch aus dem Cockpit. Unser Helikopter kommt ins Trudeln. Salto mortale total! Gleich stürzt er ab!
Argonaut III
Und wow! Bodenkontakt! Jetzt wird sich zeigen, ob wir wie Kämpfer durch ein Minenfeld oder wie Vollidioten durch die Wüste gelaufen sind...

Laute Explosionsgeräusche.

Chor der Argonauten
Es ist, als gingen zig Raketen hoch in den Himmel.
Orpheus
Eine Rose aus Feuer mit schwarz kreisenden Rotorblättern.
Er greift nach seiner Kamera. Ich will näher hin.
Jason
Nimm den Zoom!
Orpheus
Das grisselt zu stark! *Ab mit Kamera.*
Jason *zu Herakles.*
Hier wird nur geschossen, wenn ich es befehle!
Vielleicht wars nur ein Test Aisons, ob ich Männer an meiner Seite habe – oder...!

Herakles
Scheiß auf deinen Vater! Ohne mich krepiert ihr in diesem Scheißkrieg!
Geflüstert zu den Argonauten. Mach nur so weiter, Mann. Dann kriegst du friendly fire, Jason ... Im Gefecht eine Kugel in den Hinterkopf – aus den eigenen Reihen. *Ab.*

I.3.2.

Die Argonauten bauen Zelte auf, machen Feuer ...

Chor der Argonauten
Krieg ist Krieg. Da wird getötet. Krieg ist kein Ringelspiel.
Krieg ist ein Karussell. Krieg ist Todessieg.
Ich werde getötet. Und ich habe getötet.
Ich sage immer »ich«, aber »ich« kann jeder sagen. Wir sind alle ein Netz. Mitunter spricht aus meinem Mund ein anderer. Vielleicht der Geist eines Toten? Oder gar eines der sprechenden Häupter der Hydra Krieg?
Jason
Wir brauchen keine Böcke mehr zu schlachten, die Seelen der Toten zum Sprechen zu bringen ... Ich bin unterwegs im dunklen Land der Sonne.
Argonaut I
Irgend etwas stimmt mit meinem Gedächtnis nicht mehr. Am ersten Tag an der Front kam ich mir wie im Paradies vor. Ich sah goldene Äpfel an den Bäumen wachsen. Daß Minen an Bäume gehängt werden wie Äpfel, wußte ich damals noch nicht.
Argonaut II
Streift eine Panzerantenne den Zweig, detoniert sie.
Argonaut III
Wenn sich der Wirbelsturm erhebt, sieht man die Hand vor den Augen nicht. Oder habe ich keine Hand mehr und kein Augenlicht – auch ohne Sandsturm?

Im Kessel die Grütze ist voller Sand. Es knirscht ewig zwischen Ober- und Unterkiefer.

Argonaut I

Dann Sonne. Jählings leuchten die Berge am Horizont. Der Krieg – weggeblasen wie Gewittergewölk. Paradies eben.

Argonaut II

Plötzlich kippen zwei Mann vornüber. Scharfschützen, die Sonne auf ihrer Seite. Zwei Tote vor mir. Das Glitzern einer Schlange, die im Sand verschwindet...

Argonaut III

Wenn Kugeln dir um den Kopf zwitschern, weißt du noch lange nichts vom Tod. Ein Mann verblutet im Sand... Du redest mit ihm. Das also ist der Tod. Mein Brot ist voller Blut. Ganze Steine zersplittern. Im Kugelhagel hab ich ein Kreuz geschlagen.

Argonaut I

In der Kettenspur eines Panzers kann eine Mine vergraben sein.

Argonaut II

Der Staub ist pudrig wie Schnee.

Argonaut III

Da hilft dir nur Gott, dein Glück, dein Gespür...

Argonaut I

Hier liegt ein abgebrochener Zweig, dort ein Stück Metall... War gestern noch nicht da...

Argonaut II

Zeichen der Gotteskrieger, damit sie nicht in ihre eigenen Minen laufen.

Argonaut III

Ein Stück Eisen, noch ein Stück Eisen, eine Schraube... Dem Augenschein nach zufällig zurückgelassen, aber darunter, in der Erde, sind kleine Batterien... Und ein Draht führt zur Bombe oder zur Kiste mit dem Trotyl...

Argonaut I

WUSCH! Die Kameraden fliegen runter! Als einziger noch auf dem Panzer, im Schutz des Turms. Ich taste mich sofort ab: Kopf, Arme, Beine – alles dran.

Jetzt tuts einen dumpfen Schlag: eine Panzerzugmaschine, die Munition geladen hat für einen Granatwerfer im Gebirge, reißt ein Loch, mehrere Meter tief...

Jason

Die Besatzung – aus den Baumkronen gefischte Fleischfetzen – lasse ich im Granatenkrater verscharren...

Argonaut II

Minen wittert mein Hund Mars. Schon auf eine Entfernung von einigen Metern stemmt er sich gegen den Boden, die Rute hoch aufgerichtet...

Argonaut III

Teekessel mit Sprengstoff im Steinzeitkrieg der Gotteskrieger...

KRAWUMM! Ich aber bleibe bei Bewußtsein.

Der erste Blick eines Soldaten ist der Blick in den Himmel: Augen heil! Gott sei Dank!

Jason

Meine Leute sind ausgebildet für den Cyberkrieg! Nicht für den Steinzeitkrieg, in den uns die Gotteskrieger ziehen.

Herakles

Tagsüber Steinzeitkrieg – und nachts nichts als Cybersex! Medea! *Er stöhnt wollüstig.*

Jason *unbeirrt.*

Und plötzlich umflirren dich Insekten, denen in Wirklichkeit Miniaturkameras implantiert sind...

Einmal kamen Kameraleute – vorgeblich des arabischen Fernsehens...

Zum Glück hatten wir rings um unser Lager Drähte gespannt: einer der Kameramänner stolperte und das gesamte Team flog in die Luft. Die Kameras waren mit Dynamit geladen...

Argonaut I

Überall können Minen sein. Überall. Ein Kassettenrecorder spielt dir das Lied vom Tod. In einer Uhr schlägt dir die letzte Stunde.

Argonaut II

Mein Bein wurde abgebunden mit einem Gurt von der Schulterstütze meines MGs. Ich 15 Kilometer zum Sanitätsbataillon geschleppt. Dort wird die Wunde gewaschen und die Novokainblockade gelegt.

Es hat gekreischt wie eine Kreissäge, und ich bin aus der Ohnmacht erwacht ohne Bein. Anderntags sind die Augen dran, mir war Feuer ins Gesicht geschlagen ... Und sie haben mir immer mit der Taschenlampe ins Gesicht geleuchtet und gefragt, ob ich was sehe ...

Aber jetzt mit Prothesen laufe ich besser als früher. Und ich sehe auch besser ...

Argonaut III

Was ich träume?

Ein großes Minenfeld. Als Orientierungspunkt ein Baum. Ist plötzlich verbrannt. Der Steinhaufen weggesprengt. Manchmal sind wir auf eigene Minen getreten. Ohne Markierung.

Manchmal träume ich, ich kann plötzlich wieder sehen. Und was ich sehe: Meine Kinder spielen am Rande eines Minenfelds ... Ich, ich rufe: Halt! Gott, wenn es dich gibt, hilf!

Aber sie hören nicht! Und ich kann plötzlich schneller laufen als je zuvor – und ich laufe und laufe ... KRAWUMM.

Und Dunkel.

Argonaut I

Das ist Krieg wie in der Geisterbahn. Wie Geister steigen aus unterirdischen Gängen Menschen auf. Tag und Nacht. Mit chinesischen MPs. Oder auch nur Steinen in der Hand.

Und es kann sein, daß du vor kurzem noch von so einem Geist schwarzen Afghan gekauft hast. Oder roten oder grünen. Und jetzt hat der Geist gerade deinen Kameraden abgemurkst. Ein zuckendes Bündel Fleisch, plötzlich vor dir, bettelt: Schreib um Gottes willen nicht meiner Mutter ...

Und auch der mit dem Messer hat Grund, dich zu töten: Er hat kaum Trümmer gefunden von seiner Mutter, seiner Frau, seinen Kindern, seiner Hütte ...

Chor der Argonauten
Aber ich bin im Krieg. Mein Beruf ist, zu töten.
Argonaut I
Die Wahrheit ist zu grausam. Niemand braucht sie.
Argonaut II
Ich mag Musik, ich mag Bücher ... Ich surfe gern im Internet, suche Medea ...
Aber so eine Hütte überfallen und allen Gotteskriegern und ihrer Brut die Kehlen durchschneiden, ist auch geil ...
Argonaut III
Und ich sehe, wie es mich langsam hochhebt und wie ich langsam, langsam, langsam ... Wie ich in Zeitlupe falle und falle und falle ... Fremde Körperteile fliegen mir um den Kopf ... Mein Gehirn, wie eine Kamera, registriert den Tod ...

I.3.3.

Orpheus kehrt zurück. Er geht mit Jason in den Vordergrund.

Orpheus
Dein Bild hab ich gebrannt in die Augen der Welt.
Spiel weiter Kriegsheld – und ich lege dir die Welt zu Füßen.
Jason
Abeo Satanas!
Orpheus
Die vom Furor des Krieges skelettierte Natur, viele Tote, das Phantombild des Feindes und du – rund um die Uhr übertragen. Rings um den Globus. Die Welt ist eine Kugel.
Jason
Mein Kopf ist eine Kugel.
Orpheus
Die Sterne in der schwarzen Schädeldecke des Himmels. Wie Schußlöcher aus Gold. Kein Gott, der die Apokalypse frißt und die Schöpfung scheißt.

Jason
Ich werde zwar nicht mein Leben opfern wie Jesus Christ, aber immerhin für das Heil der Welt aufs Spiel setzen.
Orpheus
In Ewigkeit. Amen!
Jason
Ha! Jeder Auftritt – allgegenwärtige Himmelfahrt. Tretminen: Tod von unten! Heckenschützen: Tod auf Herzhöhe oder Tod auf Kopfhöhe! Helikopter, aus denen Flammenkegel flackern. Der Tod kommt aus dem Himmel.
Orpheus
Wir müssen noch einen Trailer drehen, für die Länder, die erst jetzt zugeschaltet werden ...
Lächelt.
Und Männer! Während wir drehen, schießt ihr immer wieder mal so haarscharf an unseren Köpfen vorbei.
Jason *lacht.*
Haarscharf! *In Orpheus' Kamera.* Mein Vater ist Aison. Und er hat mich ausgewählt. Mich, Jason, seinen Sohn. Und ich riskiere mein Leben. Für euch. Für den Fortbestand unserer Welt. *Orpheus schaltet die Kamera aus.*
Jeder von mir aufgezeichnete und ausgestrahlte Film kann mein letzter sein. Mein Kopf ist zugleich Kommando-, Schnitt- und Sendezentrale. Noch bestimme ich, was sie sehen von mir im Vierten Weltkrieg. Diesmal geht es buchstäblich um die Welt. Aber es sind noch Götter über mir: in Gestalt von Satelliten. Esse est percipi.
Mit dem linken Auge überwache ich den Sucher meiner Kamera, mit dem rechten das Terrain: unter der Sonne des Todes.

Einige Schüsse mit langem Nachhall.

Orpheus *in ein Aufnahmegerät.*
Sie hören, wie gefährlich hier an der Front sich das Leben gestaltet ... Man läuft als Zielscheibe aus Fleisch und Blut herum. Im Fadenkreuz der Heckenschützen.

Und ringsum, die Bordkanonen geborsten, die Ketten gerissen, vom Rost zerfressen und überzogen von Algengrün, ragen Panzerwracks aus dem karstigen Bett des Flusses. Das Gerippe eines Kamels im Geröll. Ausgebrannte Helikopter, totes Dorngebüsch. Ruten, schwarz im Wind.
Er schaltet das Gerät aus.
Wo ist Herakles?
Argonaut I *lächelt.*
Sitzt im Zelt und surft im Internet...

I.3.4.

Im Zelt. Herakles, in einem langen mohnroten Kleid, starrt auf einen Laptop.

Jason
Herakles, zieh das Zeug aus!
Herakles
Entweder so oder überhaupt nicht.
Ich will ein mohnrotes Kleid tragen wie Medea...
Jason
Herakles, ich...
Orpheus *geflüstert zu Jason.*
Laß ihn: Wir nehmen nur den Ton...
In die Kamera. Lädst du einen Bericht runter über deine Heldentaten, Herakles?
Herakles
Ich lad mir lieber Berichte runter über Sterne, über Tiere, über Pflanzen als über Menschen... Ich glaubte, daß alle gütiger werden... Ich glaubte, daß keiner mehr Blut vergießen will nach all den Massakern...
Alleinsein ist mein ein und alles! Ich hasse diesen Mann, der ich bin.
Orpheus
Und wer bist du?

Herakles

Manchmal weiß ich nicht mehr, wie ich heiße, wo ich wohne, wer ich bin …

Als ich in den Krieg zog, trugen die Frauen lange Röcke – und nichts darunter. Jetzt tragen sie kurze, aber weiß der Teufel, was sie alles darunter tragen! Ganze Wühltische! Kein Schwein kennt sich mehr aus!

Ich sag zu meiner Frau: Zieh dein langes Kleid an, das mohnrote. Sie lacht nur.

Aber dies Kleid trag ich in Wirklichkeit wegen Medea …

Hätten sie mich doch in der Unterwelt gleich kassiert auf ewig.

Orpheus

Und wo ist deine Frau jetzt?

Herakles

Meine Alte ist abgezwitschert, weil ich den dritten Teekessel verkohlen hab lassen. Ich mag den Geruch von Verbranntem irgendwie. Mein Gott, jeder ist anders.

Jetzt sind sie ja überall rasiert. Überall. War früher auch nicht der Fall! Überall rasiert heutzutag, aber Haare auf den Zähnen! *Er winkt ab.*

Orpheus

Was ist dann, wenn man zu Wort kommt?

Herakles

Man kann doch Weibern nichts erzählen! Die wissen doch alles besser.

Und wenn ich ein paar Hämmer in den Raum stelle, sind sie zu Tode entsetzt gleich.

Zu Tode entsetzt! Die bilden sich eiskalt ihr Urteil – und zack sind sie weg! Abgezwitschert auf immer und ewig!

Ist das ein Morgen, Schatz, du hast wieder die ganze Nacht jemand umgebracht … Und ich hab ihr noch gar nicht erzählt gehabt, mit wieviel Lust man Leute abgestochen hat …

Sterben ist einfach, töten ist schwer.

Orpheus

Was ist deine Funktion in diesem Krieg?

Herakles
Ich bin Aufklärer. Aufklärer töten nicht im Gefecht. Aufklärer töten hinterrücks und heimtückisch. Bei Einbruch der Dunkelheit gestern ein Feuerzeug aufflackern sehen, ich hingerobbt und dem Typen seinen Turban ins Maul gestopft, den Bart hochgehoben und die Halsschlagader durchgeschnitten...
Du sitzt als Aufklärer mit einem Messer hinter einem Baum in der Nacht, fürchtest das Licht vom Mond... Und plötzlich kommen sie! Vorneweg der Späher... Du läßt ihn einen Schritt vor und springst ihm von hinten ins Kreuz. Ein Aufklärer muß ihn mit der Linken am Kopf packen und ihm die Kehle hochdrücken, daß er nicht zum Schreien kommt, und mit der Rechten dann das Messer rein in den Rücken unterhalb der Leber oder in den ersten Halswirbel oder ins Herz. Der Gotteskrieger schaut dumm zu seinem Allah empor, krümmt sich und fällt um ohne Laut.
Ja nicht den Verstand verlieren, ist meine Losung! Als Aufklärer wäre das der Horror pur! Selbst wenn es stimmt, daß die Seelen der Getöteten von oben runterschauen auf uns! Drum rauch ich auch kein Haschisch mehr, aber von Zeit zu Zeit überfällt mich jetzt Lust, jemandem die Kehle durchzuschneiden...
Jason
Cut!
Dunkel.

I.3.5.

Jason träumt von Medea.

Jason
Selbst in dieser Finsternis aus Purpur sitze ich unter einem Baum. Die Früchte in der dornigen Krone haben rings um ihre steinharten Kerne todzeitigende Träume im Fleisch. In

Stürmen voll blutroten Sandes sehe ich dich, Medea, Blitze herabrufen über das Meer.
Unsere Körper bilden nun jenen Baum, Medea. Ich Wurzel und Stamm, die Krone du, voll pulsierendem Grün. Und es ist, als ob sich die Sonnenkugel vereinige mit der dornigen Krone des Baumes, farbige Blitze über die Schädeldecke des Himmels hin, Medea.
Medea
Ich sauge Saft aus dem Erdreich. Ich empfange die Stimmen der Toten. Ich wachse aus mir hervor. Ich stürze auf dich herab. Wie ein Adler aus Stein.
Der Baum unserer Liebe aber ist voll tödlicher Früchte, deren Kerne im Erdreich, das sofort zur Hölle wird, Wurzeln schlagen, deren Kerne wiederum im Erdreich, das sofort zum Paradies wird, Wurzeln schlagen …
Dunkel.

I.4. JASON IN DEN BERGEN

I.4.1.

Schnee fällt in die von Feuern illuminierte Nacht. Wind.

Herakles *hockt im offenen Zelt am Laptop.*
Da! Jetzt! Jetzt! Ich habs! Ich habs!
TATARATAM! TATARATAM! Das Goldene Vlies!

Die Argonauten umringen Herakles.

Argonaut I
Hey, Motherfucker, das ist ja Medea!
Argonaut II
O ja! Sie hat tatsächlich eines! Megageil!
Argonaut III
Wenn Jason fällt, gehört es mir, das Goldene Vlies!

Herakles
Tut so, als suche er das Goldene Vlies, der Idiot.
Derweil hat er es – und sucht den Tod!
Argonaut III
Und reißt uns mit in den Abgrund!
Argonaut II
Ich hab ein verrauschtes Video gesehen, wo sie auf Orpheus sitzt ... In den Bergen ....
Herakles
Im mohnroten Kleid!
Argonaut III
Und ich hab neulich Aufnahmen gesehen, wie sie Aison das Schamhaar abrasiert – und plötzlich war alles voller Blut ...
Herakles
Schschscht!

Jason und Orpheus kommen. Orpheus schaltet seine Kamera ein.

Chor der Argonauten
Wir schweben zwischen Leben und Tod ... Und wir entscheiden über Leben und Tod ... Es gibt nichts Gewaltigeres ... Nie haben uns Frauen mehr geliebt ...
Die Nähe des Todes stellt jede Droge in den Schatten ...
Berge sind voller Leben: das Gedächtnis der Steine, der Körper der Steine, die Stimme der Steine, die Seele der Steine ...
Argonaut I
Wird einer getroffen oder stürzt einer vor Erschöpfung ab, soll er stumm fallen. Stumm ... Wie ein lebender Stein ...
Argonaut II
Die Beine werden schwer, die Arme ... Die Hände flattern ... Die Magengrube ist ein Vakuum ... Ist es der uranhaltige Staub unserer Munition, der Übelkeit erzeugt und verkrüppelte Kinder? Ich habe Blasen am Unterarm. Und die Zunge hängt raus, du glaubst, du kriegst sie nie mehr zurück ins Maul ...

Argonaut III
Ich lutsche Eisbrocken an der Schneegrenze ... Keine Chlortabletten mehr, kaum Kaliumpermanganatampullen ... Über dich knattert eine Maschinengewehrgarbe hinweg, du aber säufst und säufst und säufst ... Wie ein Stück Vieh ... Wenns dich erwischt, willst du wenigstens nicht durstig in die Ewigkeit ...

Jason *in Orpheus' Kamera.*
Gestern noch in der Gluthitze der Wüste. Und jetzt hier!
Die Flüsse von märchenhaftem Blau. Und überall Mohn wie Feuer am Fuß der Berge. Wir haben Bombensprengstücke aufgestellt und die Namen der Toten in Stein gehauen.

Orpheus
Für Zuschauer, die sich erst jetzt zugeschaltet haben: Hier im Schneetreiben sehen Sie Jason. Sein Auftrag: das Goldene Vlies zu finden.
Jason, was darf man sich darunter vorstellen?

Jason
Darüber muß ich leider Stillschweigen wahren.
Soviel: In der Hand von Gotteskriegern ruft das Goldene Vlies den Untergang, in unserer Hand das Goldene Zeitalter hervor.

Herakles *drängt sich immer mehr vor die Kamera.*
Ihr wißt nichts! Ihr wißt nicht, wie eine Kugel fliegt ... Nachts haben uns Ratten angefallen ... Fliegen, groß wie Teelöffel ... Die Männer trocknen sich Skorpione zum Andenken, aber ich ...
Ich höre nur Stimmen – und die Stimmen haben keine Gesichter! Mein Hirn – ein einziger Brei im Schädel. Knochensplitter. Ich rieche nichts mehr ...
Die Bäume blühen im Frühling. Nichts. Eine Kugel trifft einen Menschen ... Das ist wie ein Schmatzen ... Aber das Geräusch, wenn eine Kugel in einen Toten dringt, brennt sich dir auf ewig ins Ohr ...

Jason
Cut!

Herakles
Der neben dir, die Zigarette im Maul, die du ihm grad gegeben hast samt Feuer, fällt auf die Fresse in den Sand, der grau ist wie Asche.

Orpheus *als Off-Kommentar in die Kamera.*
... Und jenen umhüllte der Schwermut finstere Wolke.
Siehe, mit beiden Händen des schwärzlichen Staubes ergreifend,
Überstreut er sein Haupt ...
– heißt es angesichts des Todes von einem Kameraden schon bei Homer.

Herakles
Alles passiert wie hinter Glas. Zwei, drei Wochen, dann ist der Alptraum Wirklichkeit, der Krieg hat – zum x-tenmal! – einen anderen Menschen gemacht aus dir. Du bist nur noch dein Name: Herakles, der weiß, wie ausgestülpte Innereien stinken in der Hitze. Herakles, der weiß, daß der Gestank von Blut und Scheiße nicht mehr rauszuwaschen ist aus deiner Montur. Du bist nur mehr die Maschine Herakles, die weiß, wie in einer schmutzigen Pfütze verbrannte Schädel die Zähne fletschen, als wären sie lachend gestorben ... Und dir schießt nur in einer Tour: DICH HATS NICHT ERWISCHT! durch den Kopf.

Jason
Cut! Cut!

Herakles
Manchmal ist von einem nichts übriggeblieben. Nichts. In so einem Fall wird die Ausgehuniform im Sarg nach Haus geschickt, scheinheilig beschwert mit Erde.

Jason
Cut! Cut! Cut!

Herakles
Ich will leben! Und wer zuerst schießt, bleibt am Leben. Und doch weißt du, daß es dich schon tausendmal erwischt hat ...'

Jason
Cut!

Orpheus
Herakles will raus aus der Endlosschleife Herakles ...
Danke, Herakles. *Orpheus hält die Kamera auf Jason.*
Jason
Männer, geht schlafen.
Ich übernehme die Wache.
Dunkel.

I.4.2.

Rings um ein Feuer.

Jason
Ich bin schuld an Eurydikes Tod.
Jason und Eurydike sollte die Quittung sein für Orpheus und Medea ...
Orpheus
Laß Eurydike ruhn im Ozean aus Tod und Türkis.
Jason
Es kam nicht zu Jason und Eurydike, wenn dir das hilft.
Sie riß sich aus meiner Umarmung ... Und stürzte über die Klippe ...
Orpheus
Das Türkis der See, die gegen die Felsküste brandet, ist das Türkis ihrer Iris. Immer wieder Regenbögen der emporschießenden Gischt. Jede siebte Woge ist ein Prankenhieb.
Stunden auf der Klippe, von der sie stürzte, schaue ich in die Brandung: So ging ich früher unter in Eurydikes Augen. Die See hat sie mir geraubt, die Türkiszungen der Persephone. Eines Tages, wenn meine Dichtung vollendet ist, kommt sie zurück. Jedes Wort, das ich schreibe, ruft sie aus der Tiefe hervor.
Für sich.
Unterm Stern das Sterben ist das Gebirg der Seele, die du erlöst ...

Ringe hervorrufend im Wasser ... Ein Kupferfilm überzieht deine Haut ... Perlen, die deine Brüste krönen, das Pulsieren der Zeit ...

Jason

Und kommt sie wieder?

Orpheus

Kaum, daß ich den Krieg bannen kann durch meine Worte ...
Geschweige die Welt retten, die Toten ins Leben rufen ...
Aber Gott ...?

Jason

Was hat dir Gott ...?

Orpheus

Krieg ist der Spiegel der Liebe.
Liebe der Spiegel des Krieges.
Leben ist der Spiegel des Todes.
Tod der Spiegel des Lebens.

Jason

Statt mit Liebesgedichten glaubtest du Eurydike mit Bildern des Krieges beschwören können?

Orpheus

Ja! Ja! Ja! Ex negativo, Mann! Keine Tautologien mehr! Kühne Metaphern!
Aus dem täglichen Tod ringsherum Bilder, die eine Tote zum Leben erwecken ...
Aber was ich sehe, macht mich nur noch stumm.
Scheißorakel!

Jason

Kann mir nicht mehr vorstellen, daß Gott mich auf diesen Weg gesandt haben soll ...

Orpheus

Am Ende war – auf Acid – Gott eine Inszenierung?

Jason

Ein Deus aus der machina Aisons?

Orpheus

Glaubst du wirklich ans Goldene Vlies?
»Es ist wie eine Atombombe unter gegenteiligem Vorzeichen:
Die Toten leben, die Verwundeten sind geheilt ...«

Jason *winkt ab, schweigt, dann.*
Das Gebirge in diesem Land hat etwas Phantastisches ... Der Morgennebel, der sich ballt in Felsklüften, ist von Sonnenpfeilen durchlöchert ... Als gäbe es keine Menschen mehr ...
Orpheus
Aber die Berge schießen auf dich ...
Jason
Warum haben wir nur unsere Berge verlassen, Orpheus? Weißt du noch, die Pilze?
Orpheus
O ja, wir glaubten, unser Volk zur Erleuchtung zu führen ... *Singt.*
... parachuting acid into diplomatic cocktail parties ...
Jason
Und was dann an inneren Kontinenten emporsteigen würde in Menschen, gliche dem Goldenen Zeitalter ...
Orpheus
Wir hätten in den Bergen bleiben sollen!
Jason
Wir wären dort zu Tode gekommen: tatenlos!
Orpheus
Unsere Seelen wären heil geblieben – und sanft wie Tauben aufgestiegen aus unseren Körpern. Doch jetzt – dieser Deal mit dem Teufel ...
Jason *boxt sich ins Gesicht.*
Ich spüre mich nicht mehr. Ich bin nicht mehr der Jason, den du kennst. Ich bin nicht mal mehr der Jason, den ich kenne.
Orpheus
Wenn du lange in den Abgrund blickst, blickt der Abgrund auch in dich.
Jason
Und der Wahnwitz ist: Ich verstehe auch, je mehr Gotteskrieger ich gekillt habe, immer mehr den Standpunkt unserer Feinde.
Orpheus
Geben wir auf! Zumindest unsere Körper sind noch ganz.

Jason
Ausgeschlossen! Das wäre unser Todesurteil, das Signal für Aisons Mörder. Wir stürben freilich als Märtyrer. Staatsbegräbnis!
Orpheus
Aber ich will sterben – als Orpheus. Ich bin in diesen Krieg gegangen: um auf dem Weg des Todes zu ihr zu kommen...
Jason
Ohne Medea und die Kinder wäre dieser Krieg noch sinnloser!
Wenn ich einschlafe, sehe ich Bilder von Medea, die sie mir zukommen läßt über Satellit. Oder ich rede mit meiner großen Tochter über Satellit.
Meta stellt dich in den Schatten, Orpheus. Alles, was sie sagt, ist pure Poesie.
Orpheus
Dann ist sie wohl doch meine Tochter...
Jason
Weißt du noch, die Stimmen der Vögel vor dem Gewitter... ein gewaltiger Vulkan ist unter aller Natur... Die Luft bebt...
Meta!... Kora!... Wo seid ihr?
Orpheus *lacht.*
Ich versuche, eine Verbindung aufzubauen. *Für sich.*
Der Traum kommt bleiern als Stein über meinem Kopf und zerspringt im Nu auf dem steinigen Boden... Staub wölkt Schlag für Schlag empor in der Brust: die gespaltene Kiefer mit dem Krähennest, Granit im Hintergrund, Eidechsen aus der Vorzeit. Der Traum, der Stein über meinem Kopf, ruft Ringe hervor, die Brandung jedoch schluckt sie. *Laut.* Jetzt!
Ab.
Jason *schaut in den kleinen Monitor.*
Schneebrocken zerschellen auf der Spiegelfläche des Teers. Tausend Bälle springen empor...
Meta/Stimme
Die Sonne ist aus dem Himmel gefallen...

Wieviel Augen hat Gott, Papa?
Jason
Weiß ich nicht.
Meta/Stimme
Für jeden Menschen eines, Papa.
Jason
Wie geht es dir, Prinzessin?
Meta/Stimme
Papa, wann kommst du wieder zu uns?
Jason
Das weiß der Himmel.
Meta/Stimme
Ich bin der Himmel, weil ich so einen Sternenschleier trage.
Ich bin die Sonne. Ich bin aus Feuersglut.
Ich kann sogar auch zaubern. Wer mich einmal berührt, der wird ein Wolf.
Und nie mehr ein Mensch. Und am Himmel ...
Und eine böse Fee verzaubert mich jeden Abend in die Nacht.
Und wenn ich noch nicht richtig verzaubert bin, muß ich in einer Feuersglut sein und kriege eine Krone.
Wenn ich mir einen schönen Feuerprinzen gesucht habe.
Jason
Wo ist Medea?
Die Verbindung bricht zusammen.
Dunkel.

I.5. JASON UND DIE SIRENEN

I.5.1.

Nacht. Jason ist wach. Orpheus und die Argonauten rings um ein Feuer über dem Einnicken.

Jason *spielt am Monitor herum.*

Die Fahrt wie ein Flug Brocken steinigen Gerölls auf der Schotterpiste das Bild eines Kopfs im Sand Blut aus den Gehörgängen Deine Brüste die blonde Löwenmähne über schwarzer Haut Medea du schmierst dich mit Sonnenmilch ein Finger gleitet übers Vlies Führ ihn nicht in den Mund Nein Ich Wer filmt dies die Digitalkamera ist nicht in deiner Hand voller Blut ist es Aisons Blut meines Bluts

Du trägst schwarze Strümpfe bist auf den Knien eine Hand über der Scham ein Toter jetzt im Dornenkorall Bildgeflacker in Sepia Bildgeflacker in Schwarzweiß blaustichige Totenschädel im Kopf Geröll Körper gekrümmt durch den Todesschmerz im Schwarz der Verwesung die Zähne gefletscht im Wurzelvlies eines umgestürzten Baums Geäst skelettgrau vom Staub im Gegenlicht die Geier

Sonnenkugel von Erdfontänen Geröllawinen und Rauchpilzen geschluckt von den Feuerzungen der Granatwerfer die Kuppel der Moschee im Kopf Goldmosaike aus dem Gewölk noch einmal die Sonne durch Astschwarz die getigerte Katze auf dem Kopfkissen dein Arsch Medea und Medeas Arsch im Spiegel beide im Objektiv der Digitalkamera Medeas Kopf angeschnitten illuminiert vom Gezüngel einer Kerze die Dunkelheit im Raum Nebel aus der Duschkabine feuchte Locken voller Lichtspitzen wenn du lachst blitzt dein Augapfelweiß auf rings um die Lapislazulibrandung deiner Kunstiris

Medea du bist nicht allein du bist voller Blut Aisons zerschnitten in vierzehn Teile im Blitzlicht Blut meines Bluts Da ist noch jemand liebkost von den Winden der Welt aus der Traum im Samen des Vaters Propeller rotierten in deinen Augen beim Abschiedskuß das Gewölk oszillierte vom Blau ins Rot

Das Gestein glüht jetzt das Gestein atmet dein Fleisch pulst mein Sein zerbirst Zunge aus Licht Zunge der Nacht im Goldgebiß des Monds die Köpfe der Opfer Schwarze Pfeiler die Schatten der Hades-Raketen vor der Silhouette einer Skyline als Fata Morgana Städte in Kruzifixgestalt rauchen die

Eisen gebogen Fahrradskelette geborsten in Weißglut die Herzen der Heiligen aus Kristall Blutkörperchen im Karussell des Glücks Regentropfen gehen über in blau blühende Astern Gezirpe der Wischblätter Disteln voller Rauhreif
Die Toten erheben sich Purpurgefieder auf dem Knochengrau der Ölbaumstrünke Krallen im Bernsteingelb des Mondlichts
Augenscheinlich empfängt er kein Bild mehr.
Medea!
Sirene I
Komm zu mir!
Ich habe eine Zunge aus Gold ...
Sirene II
Komm zu mir!
Ich bin die Mutter der Gewitter ...
Sirene III
Komm zu mir!
Ich habe auch ein Goldenes Vlies ...
Jason
Haut ab! Haut ab! *Er nimmt einen brennenden Ast und versucht, die Federkleider der Sirenen abzufackeln. Eine fängt Feuer. Dabei werden die Argonauten wach.*
Argonauten
Was riecht hier so fein?
Herakles
Brustfleisch!
Da steh ich brutal drauf! Brutal!
Argonaut I
Ich auf Vögeln – bis die Federn fliegen!
Argonaut II
Und nach dem Ficken futtern wir McChicken!
Argonaut III
Wann rupfen wir sie?
Argonaut I
Ich stecke sie auf meinen Spieß!

Argonaut II
Der ist zu kurz!
Argonaut I
reißt die Sirene I herunter zu sich.
Ich hab so einen Geist aus der Luft!
Herakles
Halt sie fest!
Argonaut II *reißt die Sirene II herunter zu sich.*
Und die gehört mir!
Herakles
Halt! Vorher muß ich euch trauen! Er reißt sein Messingkreuz von der Brust. Küß mein Kreuz, Hure! *Die Sirene I küßt es.* Küß mein Kreuz, Hure! *Die Sirene II küßt es.*
Argonaut III *reißt die Sirene III herunter zu sich.*
Ich spieß sie auf!
Herakles
Halt, vorher heiraten!
Küß mein Kreuz, Hure!
Die Sirene III küßt es.
In einer Reihe niederknien!
Die drei Paare knien nieder.
So – und jetzt noch: BH-Kontrolle!
Er faßt jeder Sirene an die Brust.
Nichts für ungut, Männer.
Aber ich habe schon einmal erlebt: So eine Hure trug Handgranaten im Büstenhalter. Sie lief weinend auf die fremden Krieger zu.
Die Soldaten umringten sie, um das Miststück zu trösten. Die fing auch gleich an zu glucksen. Und lüpfte ihren Rock, zeigte Fleisch. Und auch die Männer begannen zu lachen und zu grölen. Und dann zeigte die Hure ihre Brust: Und WUMMM!!!!
So, und jetzt seid ihr Mann und Frau.
Bis der Tod euch scheidet!
Er schießt in den Himmel.

Die Argonauten stürzen sich auf die Sirenen.

Argonaut I
Oh, ich blute wie ein Schwein!
Herakles
Die ist noch Jungfrau, Mann!
Argonaut I
Die beißt und die kratzt mit Teufelskrallen!
Herakles
Vier Pflöcke ins Erdreich gerammt! Und festgebunden!
Argonaut II
Mein Sch-w-a-n-z!
Sie hat mich geschnitten mit ihren Ringen!
Herakles
Runter mit den Ringen!
Orpheus
Fern ist, da ich im Dunkeln stehe, Eurydikes Stern.
Fern sein Funkeln, fern das Türkis des Meers.
Argonaut III
Hör auf, Mann, ich will jetzt nicht an meine Liebe denken!
Orpheus
Die Mohnblume unter Disteln warst du.
Das Pfauenauge auf Purpurköpfen.
Dein Leib ist ein Weizenhaufen, umflackert vom Mohnrot,
und es zucken feurige Krokusse nach deiner Zungenspitze.
Argonaut III
Ich krieg ihn nicht mehr hoch! Scheißkrieg!
Orpheus
Deine Brüste sind die Brombeeren jetzt in Purpurblüte,
Ewigkeit auf der Zunge.
Argonaut III
O ja! O ja! O ja!
Orpheus
Rings um meinen Hals die Blutkette deiner Granatküsse.
Voll Tau ist mein Haupt, und die Rede des Regens
erzeugt Sanftmut in der Nacht.

Nicht löscht der Regen die Brände im Dornbusch.
Noch reißt Hagelschlag die Herzform der Blüten herab.
Ich schwimme in Türkis, im Donner der Brandung.
Im Spiegel des Himmels. In deiner Iris Licht.
Du siehst es nicht.
Chor der Sirenen *im Tonfall von Hexenprophezeiungen.*
Aus unserer Vereinigung kommen Engel hervor...
Und die seid ihr! Bald!
Ihr werdet sterben, habt ihr kein Herz aus Stein.
In der Luft ein Rauschen: wie von Flügeln.
Dunkel.

I.5.2.

Plötzlich, durch das Geschrei eines Babys geweckt (das obige war nur ein Traum), fährt Jason hoch und sieht sich um.
Er nähert sich dem Kind, dessen Geschrei allgemach auch die andern Argonauten weckt.
Licht auf das schreiende Kind.

Jason
Wie meine kleine Kora!
Sind Kinderschreie alle gleich?
Fressen sie sich alle so ins Herz?
Er will hinlangen. Plötzlich schreckt er zurück und läuft weg.
O Gott! Auslösedrähte!
Die Argonauten eilen auf das Baby zu.
Vorsicht! Vorsicht!
Die Argonauten hören Jason nicht. Wind und Babygeschrei schlucken seine Rufe.
Jason winkt heftig. Die Argonauten winken zurück.
Und sie gehen weiter Richtung Baby.
Vorsicht! Vorsicht!
Schieß jetzt, Jason! S-c-h-i-e-ß!!!

Zu spät: Stichflammen einer gewaltigen Explosion: Das Baby fliegt in tausend Teile auseinander.
Auch die Argonauten sinken tot um.
Dunkel.

I.5.3.

Jason allein.

Jason *ins Funkgerät.*
Ja, meine Männer sind tot.
Bomben Sie alles nieder.
Er setzt sich und heult.
Dann bricht er reglos zusammen.
Dunkel.

Plötzlich Licht auf Medea.

Medea
Komm mit mir!
Wir dringen ein in den Leib der Hydra Krieg.
Trink nun, Jason.
Jason trinkt.
Gib dich dem Schwarz hin – und du bist im Leib der Hydra, das Goldene Vlies vor Augen ...
Jason
Ich bin am Ursprung. Das Purpur deiner Lippen ist Blut aus dem Herzen der Sonne. Ich liebkose das Licht auf deinen tigeräugigen Brüsten.
Ich tauche ins Lapislazuli. Ich habe die Augen in den Höhlen deiner Vision von Jason, Medea: Ich sehe die Geburt der Gebirge aus dem Magma meines Herzens. Medeas Feuer ist Jasons Meer, Jasons Feuer das Meer Medeas. Medeas Leben ist Jasons Tod, Medeas Tod ist Jasons Leben.
Medea nimmt Jasons Herz aus der Brust.

Medea

Jetzt sind wir eins: Ich verschlinge dein Herz und gebäre dich wieder als Jonas. Dein Zeugungsorgan forme ich aus einem Haupt der Hydra Krieg, die sich immer wieder irgendwo erhebt auf der Welt.

Und ich hauche ihm Leben ein.

Dunkel.

TEIL II
JONAS
II.1. JONAS UND DIE HURIS

II.1.1

Licht auf das Haupt des Orpheus. Das Haupt des Orpheus treibt immer auf dem Fluß des Vergessens.
Es singt »Allah-o-Akbar« in der innigen Art von Dollar Brand/Abdullah Ibrahim auf GOOD NEWS FROM AFRICA.
Der Gesang wird leise und verstummt.
Dann Licht auf Jonas.

Jonas
Es ist eng um mich. Ich kann mich kaum aufrichten. Mit einem Schlag sehe ich klar! Aber ich lebe doch noch. Ich lebe! Ich lebe!
Und ich schreie. Ich schreie. Ich schreie.
Jedoch ich höre meine Schreie nicht. Ich höre nur das Gemurmel einer großen Menschenmenge.
– Gebt den Hammer her, sagt jemand.
Und mir geht durch den Kopf: Vielleicht ist alles nur mein Traum ...
Und wieder sagt jemand: Gebt den Hammer her! Tut den Hammer her!
Und jemand haut mir Nägel in die Finger. Ich krache vor Schmerzen mit dem Kopf gegen den Sargdeckel. Der springt Gott sei Dank auf und ich rufe: Warum schlagt ihr mir Nägel in die Finger und in den Kopf?
Und warum kriege ich keine Luft?
Die Leute jedoch drehen sich weg. Drehen sich weg und weinen. Keiner sagt einen Ton. Meine Mutter reißt ihre Hände in die Höhe und bricht zusammen. Und ich will schreien. Und

wieder glaube ich auch zu schreien. In Wirklichkeit kriege ich die Lippen keinen Spalt weit auseinander.
Jetzt schießt mir durch den Kopf: Sie wollen es so! Sie wollen, daß ich tot bin. Vielleicht bin ich es ja wirklich.
Ich muß still sein.
– Tut endlich den Hammer her.
Und mit dem ersten Hammerschlag beginne ich die Stimme Allahs zu hören.
Es kommt aus der Magengrube, ein Wirbelsturm vom Horizont her.
Und es hebt mich samt Sarg empor.
Und siehe: Ich fliege, um Gott zu treffen.
Dunkel.

II.1.2.

Jonas trifft auf die von Jason Getöteten.

Das Haupt des Orpheus
Wie ein feuriges Ungeheuer
Füllst du das Land
Mit Gift.
Als eine Wut vom Himmel
Grollst du über die Erde.
Du bist wie Blut,
Das einen Berg herunterstürzt.
Geist des Hasses, der Gier und des Zorns,
Beherrscher von Himmel und Erde!
Über Büsche und Bäume
Weht dein Feuer
Herüber zu mir.
Und der süßliche Geruch von Leichen
Liegt in der Luft.
Einem Trümmerhaufen gleich
Ist dies Dorf.

Tote überall auf den Wegen,
Über die Felder hin,
Im Wasser.
Tote, die grinsen.
Tote ohne Kopf.
Tote, bis auf die Knochen
Verbrannt.

Chor der Gotteskrieger

Der Gestank ist so groß, daß wir unsere Kopftücher tränken mit Medizin – als Mundschutzmasken.

Gotteskrieger I

Rauch aus Ruinen beizt meine Augen. Aasgeruch fährt in die Nasenflügel. Ich höre das Malmen von Kiefern. Knochen zersplittern.

Im Licht der Stablampe die Toten: Opfer der Schakale.

Gotteskrieger II

Und doch: Beim urplötzlichen Hereinbruch der Nacht öffnete ein Gotteskrieger die Tür – ohne vorher eine Handgranate ins Hütteninnere zu werfen – und wird von einer MP-Garbe durchsiebt. Funken stoben aus den Steinen im Kugelhagel. Das Mündungsfeuer aus dem Dunkel: Der Gotteskrieger zuckt zusammen, seine Stirnschlagader springt hervor, sein Kopf fällt gegen den Brustkorb.

Gotteskrieger III

Der Junge am MG hatte geglaubt, der durchgeknallte Jason kehre zurück …

Chor der Gotteskrieger

Kinder töten ist schlimmer, als selber getötet zu werden.

Chor der Toten

Im Leib der Schlange. Unterwegs auf dem um die Welt gewundenen Weg durch die Finsternis. Ich stoße auf Gefangene. Und diese Gefangenen gleichen uns in einem Leben nach dem Leben: Exkremente statt Schreie der Klage im Mund. Bilder Gefolterter vor Augen. Ihre Wunden sind vor Fliegen schwarz. Klumpen gequollenen Fleisches …

Ich wurde auseinandergerissen in alle vier Richtungen des

Himmels bei lebendigem Leib und geworfen ins Feuer. Zusammen mit dem geschändeten Körper meiner Geliebten. Auch die Schriften Mohammeds ein Raub der Flammen. Die Worte des Propheten flogen mir gleich weißen Tauben entgegen.
Kaum umfangen vom Feuer, habe ich ein Aufbäumen gefühlt im ganzen Körper. Es war, als führe mir eine gewaltige Feuerzunge aus allen sieben Öffnungen des Kopfes. Aus den Augen. Aus den Ohren. Aus den Löchern der Nase. Und aus dem Mund. Und ich glaubte, dies sei die Auferstehung.
Und wollte ausbrechen in Jubel. Und an die Brust drücken die neben mir, die da emporschnellte im Glück dieses Aufbäumens.
Ich jedoch war keinen Augenblick dem Vogel Phönix gleich. Und es zerfiel alles: sie und ich. Zu Asche. Keine Auferstehung jenseits des Feuers. Auch dieser Körper ist Traum.
Jonas
Ich werde euch rächen!
Ich werde so viele ihrer ungläubigen Seelen in die Hölle senden,
daß das Unrecht an euch gesühnt sein wird ...
Hassan *hackt in die Tastatur eines Laptops.*
DAS IST DER TOTALE KRIEG. WIR KÄMPFEN UNS ZELLE FÜR ZELLE DURCH EURE KÖRPER UND DURCH EURE HIRNE! WER DAS LIEST, IST BEREITS OPFER DES VIRUS.
GEFANGENE DER ERDE STÜRMT BABYLON!
GEFANGENE DER ERDE STÜRMT BABYLON!
Dunkel.

II.1.3.

Das Haupt des Orpheus
Mein Lied gleicht der Sonne, die Erdkreis und Herz uns erhellt:

Kommt sie ein Stück nur zu nahe, so brennt gleich die Welt.

Jonas und die Gotteskrieger rings um ein Feuer.

Chor der Huris
Die Gärten des Paradieses sind dunkelgrün.
Kristallene Quellen.
Früchte. Palmen. Granatäpfel.
Wir sind Jungfrauen, keuschen Blickes, reiner Zunge. Kein Mensch aus Fleisch und Blut hat uns je berührt. Noch ein Geist...
Wir sind Jungfrauen, die Liebkosungen verteilen wie Rubine. Wie Korallen...
Wir warten auf euch, hingestreckt auf grünen Kissen und schönen Teppichen. Wir tragen siebzig Kleider am Leibe. Und ein jedes dieser siebzig Gewänder wechselt jede Stunde seine Farbe in bis zu siebzig Schattierungen.
Die Brüste jedoch seht ihr und die Schönheit unserer Schenkel. Unsere Küsse sind die Quelle der Reinigung.
Huri I
Wir küssen eure Fußsohlen – und alles Leid in euch wird verschwinden...
Gotteskrieger I
Im stillen Wasser sah ich meine Seele. Ich trank mit einer Zunge, die sterben will...
Huri II
Wir küssen eure Schenkel – und alle Eifersucht und aller Haß in euch wird sich auflösen in Luft...
Gotteskrieger II
Die Liebe ist ein Streifen Licht zwischen den blutigen Lippen der Nacht.
Bevor uns die Zähne des Nichts zerkauen.
Huri III
Kaum erreichen unsere Küsse euren Bauch, so schwindet jegliche Verdorbenheit in euch...

Gotteskrieger III
O reich mir Wasser, Frau!
Siehe, Würmer gedeihen mir in den Achselhöhlen, zwischen dem linken Schenkel und dem rechten. Geschwüre brechen auf. Und ich kann mir die Haut von den Sohlen ziehen.
Huri I
Wenn unsere Küsse die Höhe des Herzens erreichen, ist alle Finsternis gewichen aus eurer Brust...
Gotteskrieger I
Ich muß in Lumpen gehen. Mit unreinen Händen. Geblendet. Mit verstümmelten Füßen. Mit abgeschnittenen Hoden. Mit einer Narbe über dem Herzen.
Huri II
Aber wenn unsere Lippen sich mit euren Lippen vereinigen, ist das Licht eines jeden eurer Haare so groß, daß es die ganze Erde erleuchten wird...
Gotteskrieger II
Ich bin blind. Ich fühle eine Hand in meiner Hand, rauh vom Pflücken der Datteln.
Huri III
Hätte eine von uns auch nur einmal ins Meer gespien, das Wasser wäre süß geworden durch unseren Speichel...
Gotteskrieger III
Reich mir dein Wasser, Frau!
Mich zu reinigen von meinem Tod, meinem Leben.
Jonas
Schließt lieber eure Augen, wenn Frauen um euch sind.
Es kreist der Teufel dann in euren Adern. Wie es das Blut tut.
Ab.

Lichtwechsel.

Chor der Huris
Hihi! Ich bin grün wie eine Kobra! Hihi!
Hihi! Ich bin grün wie eine Kobra! Hihi!
Hihi! Ich bin grün wie eine Kobra! Hihi!

Gotteskrieger I
Dann tanzt nach unseren Flöten.
Gotteskrieger II
Nein, spielt darauf!
Gotteskrieger III
Unsere Kobras tanzen nach eurem Spiel!

Die Huris umtanzen die Gotteskrieger, reißen ihre Schleier, Masken und Glitzergewänder ab und entpuppen sich als gefolterte und vergewaltigte Frauen: weiß, blutig mit grellen Gesichtern unter den Masken. Sie tanzen wie Rachefurien. Die Huris gehen auf die Knie.

Chor der Gotteskrieger *artikuliert die Gedanken der sie fellierenden Huris.*
Einer spielte den Priester: Wir müssen sein Kreuz küssen.
Dann sind wir Mann und Frau.
Bis daß der Tod uns scheidet!
Gotteskrieger I
Der meine war nicht zufrieden mit mir, er bat den andern zu tauschen.
Gotteskrieger II
Er sagte: Schön, daß du dich aufbewahrt hast für mich!
Leg dich hin und genieße die Hochzeitsnacht.
Gotteskrieger III
Aua! Es tut höllisch weh.
Gotteskrieger I
Dann spürt man nichts mehr.
Gotteskrieger II
Dann wird man zum Stein.
Gotteskrieger III
Nur einer war anders. Er sah seine tote Geliebte in mir.
Er sagte mir schöne Dinge. Und ließ mich laufen.
Ich stolperte über eine Wurzel im Dunkeln.
Plötzlich Licht einer Stablampe: Halt, Hure!
Ein alter Krieger. Er stank nach Whiskey: Steh auf!

Aber meine Beine zitterten, ich konnte nicht aufstehen. Ich taumelte. Er zeigte auf meinen Hals. Ich dachte, er will mich aufschlitzen. Er zeigte auf einen Baumstamm. Er schlug mich, steckte mir die Faust in den Mund. Er drang in mich ein. Genießt dus, Nutte? Jetzt kriegst du ein Kind. Im Namen von Jesus Christus.

Gotteskrieger I

Mich haben sie gekreuzigt: meine Arme, meine Beine auseinandergezerrt.

Trauben schwarzer und chromgrüner Fliegen kleben an meinen Fingern.

Sie haben mir die Kuppen weggeschnitten mit meinem Küchenmesser...

Gotteskrieger III

Ich sagte: Haben Sie eine Frau?

– Ich habe mein ganzes bisheriges Leben vergessen. Als erste kam meine Mutter: Ich bin deine Mutter!

Dann dachte ich, wer wird die schöne Frau sein vor mir im Flur? Jetzt hat sich die schöne Frau im Flur entpuppt als meine Frau.

Ich weiß nicht, wie man umgeht mit einer schönen Frau. Ich weiß nur, daß sich verbrannte Haut vom Fleisch schält wie ein Nylonstrumpf. Ich weiß nur, wie Gefahr riecht.

Und plötzlich sitzt ein Kind dir auf dem Schoß und turnt auf deinen Wunden herum und deine schöne Frau am Herd ruft herüber: Wieviel Pfannkuchen willst du heute, Schatz? Pfannkuchen mit Preiselbeeren!

Aber in der Nacht bist du wieder in der Scheiße. Du wachst auf durch den süßlichen Geruch von Leichen...

Gotteskrieger II

Ich steckte alle meine Ringe an alle meine Finger und floh. Ein trunkener Soldat hielt mich auf, wollte Liebe oder Leben... Ich zeigte ihm meine Ringe, um mich freizukaufen. Er nahm eine Geflügelschere und schnitt alle meine zehn Finger ab samt Ringen.

Die Huri II hebt ihre Fingerstummel empor.

Gotteskrieger III
Ich wurde trotzdem schwanger von dem Schwein, das sie Herakles riefen.
Mein Glaube verbot mir, das Balg wegzumachen. Ich brachte es zur Welt. Ich gab ihm meine Brust. Ich wischte seine, nach meiner Milch riechende Scheiße weg.
Ich betete zu Allah um die Kraft. Und er riß mir das Herz aus der Brust und tat einen Stein hinein. Und ich gab das Kind den Kämpfern, und sie legten es, ein schreiendes Bündel mit Sprengstoff in den Windeln, ins Freie …
Die Gotteskrieger stoßen Lust- oder Todesschreie aus.
Dunkel.

II.2. JONAS IN DEN BERGEN

II.2.1.

In einem Bunker.

Hassan *hackt in seinen Laptop.*
Ihr habt Medea nackt gezeigt den Augen der Ungläubigen.
Wir werden euch die Augen ausstechen.
Wir werden Medea bestrafen.
Gotteskrieger I
Sie zeigt aller Welt ihr Angesicht.
Sie wirbt mit ihrem nackten Fleisch für gottesfeindliche Produkte!
Hassan
Ich werde ihr vor aller Augen – und für Allah – die Sünde aus dem Körper peitschen bis sie nur noch ein zuckendes Bündel blutigen Fleisches ist.
Gotteskrieger II
Sie hat ihr Land verlassen.

Sie hat ihren Glauben verraten!

Hassan

Ich werde ihr vor aller Augen – und für Allah – die Zunge aus dem Mund reißen mit einer glühenden Zange.

Gotteskrieger III

Sie hat Jason das Goldene Vlies verschafft.

Hassan

Ich werde sie vor aller Augen – und für Allah – in Stücke hakken.

Gotteskrieger I

Jaja! Kassier nur das Kopfgeld!

Gotteskrieger II

Vielleicht köpft dich Aites ja! Wenn du ihm seine Tochter tot vor die Füße legst.

Gotteskrieger III

Tot oder lebendig will er Medea. Tot oder lebendig – die eigene Tochter.

Jonas

Um Medea kümmere ich mich!

Chor der Gotteskrieger

Tot sollen unsere Worte bleiben. Wie Bräute aus Wachs, starr und ohne Herz. Erst, wenn wir für sie gestorben sind, sollen sie auferstehen und lebendig werden.

Plötzlich setzten heftige Bombardements ein.

Es ist die Hölle im Bunker angesichts der Feuerwalze. Ihr endloses Heranfluten und Abebben zerrüttet die Nerven.

Gotteskrieger I

Im Bunker hockt man wie in einer Falle. Beton über der Schädeldecke. Bei jedem Treffer erzittert das Gestein.

Gotteskrieger II

Brocken brechen herunter. Kopfgroße Trümmer.

Gotteskrieger III

Wie ist es, inmitten von Gestein und Staub zu ersticken? Der Körper zusammengequetscht von der Last des Betongerölls?

Gotteskrieger I
Weder Arme noch Beine sind zu bewegen. Der Druck auf dem Brustkorb ist ungeheuer. Jeder Atemzug saugt Dreck in den Mund. Die Nasenlöcher sind grau vor Staub.
Gotteskrieger II
Die Luft riecht nach Salpeter, Schweiß, Chlor. Ein Volltreffer kann uns alle verschütten und lebendig begraben.
Gotteskrieger III
Die Detonation bläst die Kerzen aus. Geschrei. Taschenlampen streichen über Gesichter, grün vor Panik. Die Augen sind glasig hervorgetreten aus ihren Höhlen.
Gotteskrieger II
Ich war starr vor Schreck. Ich war steif wie ein Stock. Ich ballte und öffnete in einem fort beide Fäuste.
Gotteskrieger I
Man hörte deine Zähne aufeinanderschlagen.

Gotteskrieger II beginnt zu zittern.
Gotteskrieger I und III packen ihn, er wirft sich hin und beginnt besessen, mit dem Kopf gegen den Boden zu schlagen. Es knackt jedesmal fürchterlich.

Gotteskrieger III
Jetzt krieg dich wieder ein! Denk an die Huris im Paradies, auf ihren Brüsten steht geschrieben: Du bist mein Geliebter...
Denk an Allah...
Gotteskrieger II
Ich will mir alles aus dem Kopf schlagen...

II.2.2.

Rings um ein Feuer.

Gotteskrieger I
Viele haben geraucht. Der eine probierts und schwebt, der andere kriegt die große Flatter. Der Busch wird zum Baum, der Hügel zum Gebirge.
Gotteskrieger II
Du fühlst dich stark und frei danach. Frei vom eigenen Körper. Du gehst wie auf Zehenspitzen, spürst jeden Muskel.
Du möchtest am liebsten fliegen. Du schwebst ja fast. Und du hast eine große
Freude an allem. Du lachst über jeden Dreck. Und du hörst besser und siehst besser. Du unterscheidest Gerüche und Geräusche besser.
In dem Zustand erscheint das Töten leicht. Und es stirbt sich leicht in dem Zustand. Die Angst ist wie weggeblasen. Du hast das Gefühl, du hast eine kugelsichere Weste am Körper... Du bist ein Gotteskrieger.
Gotteskrieger III
Ein Papagei starrt mich an mit grünen Augen. Ein Mann steht mit dem Rücken zu mir, dreht sich um, hält mir eine Pistolenmündung vor die Stirn. Ich sehe sie – und dann bin ich weg! Ich befinde mich noch im Diesseits – und doch schon im Jenseits! Ich will was sagen, aber ich kann nicht. Und ich krieg das Gefühl nicht los, wenn ich den Kopf drehe, rutscht mein Hirn weg.
Ein Papagei starrt mich an: Grüne Augen...
Chor der Gotteskrieger
Welche Farbe hat ein Schrei? Welchen Geschmack hat Töten? Welche Farbe hat Blut? Im Lazarett Rot... Im trockenen Sand Grau... Im feuchten Sand Schwarz... Und Blauviolett an Felsen...

Ein Mensch zerrinnt so schnell … Nur die Augen leuchten bis zum Schluß …
Und sie sehen an dir vorbei …

Gotteskrieger I
Ich habe nie auf Esel, Kamele schießen können, die tragen ja Amulette wie Kinder. Das muß mir Glück gebracht haben …

Gotteskrieger II
In diesem Krieg hab ich mich nur an Gutes erinnert. Aus meiner Kindheit.
Als wir ein Weizenfeld ansteckten, ist mir fast übel geworden. Das Feld stand sofort in Flammen, aufgrund der Hitze …
Wie in jenem August, als ich auf einer Wiese lag … Mohnblumen ringsherum … Ich habe ein paar geröstete Weizenähren gegessen … Der Rauch und die Glut haben mir die Feuchtigkeit aus den Augen gebeizt …

Gotteskrieger III
Die Nähe des Todes macht alles heilig.

Das Haupt des Orpheus stimmt das »Adhan« von Dollar Brand/Abdullah Ibrahim an.
Der Chor der Gotteskrieger fällt nach etwa einer Minute mit »Allah-O-Akbar« ein.
Dunkel.

II.3. JONAS IN DER WÜSTE

II.3.1.

Das Haupt des Orpheus
Die Sonne geht unter. All dies ist in der Seele: Feuer, Wasser, Wind, o Herz!
Und was draußen ist: Es gleicht der Spiegelung im Fluß des Vergessens.
Sonnenblumen, rings um Massengräber in Betongruben. Skelette in wildem Durcheinander unter Glasplatten: Kinder,

Frauen in Burka-, Männer in Uniformfetzen. Totenschädel mit Kugellöchern über schwarzen Augenbinden.
Die Sonne geht unter. All dies ist in der Seele: Feuer, Wasser, Wind, o Herz!
Und was draußen ist: Es gleicht der Spiegelung im Fluß des Vergessens.

Gotteskrieger I

Einer unserer Panzer wurde von einer Granate getroffen. Der Fahrer, mein bester Freund, versuchte, durch die Luke zu klettern. Er hing mit dem Fuß fest.
Er hackte sich seinen Fuß mit einer Axt ab. Und kroch raus.
Ins Kugelfeuer der Feinde.

Gotteskrieger II

Ich zog ihn in Sicherheit. Er sagte noch: Ich möchte so gerne leben – und zack war er tot.

Gotteskrieger III

Nach dem Gefecht hältst du die Schönheit nicht aus im Kopf.
Die Schönheit der Landschaft: das Blaurot der Berge am Horizont, die Schluchten in der Farbe des Flieders ... Entweder könnest du vor Wut endlos losschießen ...
Oder du wirst geschluckt von so einer Woge Zärtlichkeit ...

Gotteskrieger I

Einer ist gestorben und hat alles erzählt, was er hat erhaschen können mit Augen, die brechen: ein Berg ... ein Baum ... ein Vogel ... der Himmel ...

Gotteskrieger II

Das Erleben dieses Krieges ist nur mit einem Liebesabenteuer zu vergleichen ...

Gotteskrieger III

Ich bin von so einer Liebe zu Gott erfüllt, für alles andere blind und taub.
So erschüttert bin ich im Herzen. Es ist das größte aller Erlebnisse, außer sich zu sein, ja erlöst von sich ...

Jonas

In den Tagen ununterbrochenen Feuers aus dem Himmel war die Wüste eine einzige pockennarbige Staubfläche ... Leichen im Gelb, im Grau, im Grün der Verwesung, verstümmelt von Granatsplittern. Rattenheere in der Dämmerung, fett vom Fleisch der Toten... Und doch: Wir sehen Allah unter dem schwarzen Regen aus Staub, angesichts des blutigen Blaugolds bei Sonnenuntergang...

Er fällt auf die Knie.

Auch der heilige Krieg ist schmutzig, o Allah. Meine Hände starren vor Blut...

Er wirft sich hin, weint.

Gotteskrieger I

Einem Mädchen, vielleicht vier, vielleicht fünf Jahre alt... Dem hatte der Feind ein Bonbon geschenkt. Und wir mußten beide Arme abhacken... Kontakt mit dem Feind...

Gotteskrieger II

Das Furchtbarste in meinem Leben. Ich habe es für Gott getan.

Gotteskrieger III

Das linke Ärmchen baumelte noch an einem Hautfetzen... Dieses Bild hat sich eingebrannt für immer!

Jonas *richtet sich auf.*

Gott allein ist die Kenntnis der Stunde eigen.
Er nur sendet den Regen.
Er weiß, was im Mutterschoß ist.
Keine Seele weiß, welchen Weg sie morgen gehen wird.
Wo wird sie fallen?
In welchem Land holt uns der Tod?

Dunkel.

II.3.2.

Hassan hockt mit seinem Laptop auf einem Scheiterhaufen.

Hassan

Je öfter ich Bilder von dir gesucht habe. Um so weniger konnte ich dich hassen.

Als ich dich jedoch im mohnroten Kleid sah ... Und sah, wie du deinen Kindern die Brust gabst, war es um mein Herz geschehen. Mein Gewand war früher weiß.
Jetzt ist es rot durch Blut, auch durch Blut von Kindern.

Plötzlich erscheint ihm in einer erhöhten Nische Medea mit ihren Kindern.

Medea *hält Kora auf Herzhöhe.*
Wie das kleine Herz jetzt schlägt gegen das große Herz deiner Mutter.
Kora! Kora! Kleine Kora! Lach doch wieder! Lach das Regengrau fort aus deinen Pupillen.
Komm, drück deinen kleinen Bauch gegen meinen Bauch. Fest!
Nicht kratzen! Nein! Nein! Nein!
Und jetzt! Jetzt kommt es raus! Ein Wind! Oder mehr?
Will der Durchfall denn überhaupt nicht weggehen von dir?
Siebenmal schon die Windeln voll in der Nacht.
Das Kind schreit. Meta wird wach. Medea nimmt Kora an die Herzbrust.
Vielleicht ist meine Milch heute anders, weil ich Fleisch gegessen habe?
Meta macht Medeas andere Brust frei und trinkt auch.
Hey, Meta. Was haben wir ausgemacht?!
Meine Milch kriegt die kleine Kora, klar!?
Meta
Nein.
Medea
Weißt du, wer heute kommt?
Meta reagiert nicht.
Heute kommt euer Papa!
Meta
Im Fernseher?
Medea
Wir werden sehen.

Hassan
Nein! Nicht! Nicht!
Ich will nichts mehr mit der Geschichte zu tun haben!
Er übergießt sich mit Benzin.
Dunkel.
Das auflodernde Feuer. Ein Blitz.

II.4. JONAS UND AISON

II.4.1.

Jonas auf einem Balkon im Blitzlichtgewitter. Musik, Gejohle.
Die Nationalhymne wird gespielt.

Stimmen
Jason! Es lebe Jason!

II.4.2.

Im Raum, von dem aus die Welt regiert wird.

Aison
Mein Sohn! Ich bin so unsagbar stolz auf dich!
Jetzt weiß ich, wofür ich gekämpft habe...
Jonas
Ich auch.
Aison
Du gehst als Sieger hervor.
Du hast als einziger überlebt.
Jonas
Genau.
Aison
So ist der Krieg!

Der Krieg macht einen anderen Menschen aus dir.

Jonas

Ich explodiere gleich: POOOOOUUUUUCHCHCHCH-CH...

Aison

Du stehst noch unter Schock!

Willst du was essen?

Jonas schüttelt den Kopf.

Whiskey?

Jonas schüttelt den Kopf.

Aber eine Cola?

Jonas schüttelt den Kopf.

Nein?

Nun, Medea wird dich schon wieder auftauen.

Mich hatte sie auch in der Mangel.

Und ich bin wie neugeboren...

Lacht.

Dunkel.

II.5. JONAS UND MEDEA

II.5.1.

Medea und Jonas im Bett.

Medea

Und du?

Jonas

Alle Gläubigen, die dahinfahren, fahren dicht an der Hölle vorbei.

Keiner ist unter uns, der nicht hinabfährt. Keiner.

Es ist durch Allah verhängt.

Das Feuer Gottes schlägt über die Herzen empor. In ragenden Säulen.

Medea
Ich wurde jüngst zur Miß World gewählt!
Jonas
Die das Vermögen der Waisen in Ungerechtigkeit verzehren, nehmen nur das Feuer auf in ihrem Bauch. In der Hölle werden sie braten.
Medea
Ich habe gefastet: Idealgewicht.
Jonas
Jeden Tag verhungern sechzigtausend Kinder!
Medea
Soll ich heulen? Ich hatte genug Hunger im Kreuz als Kind!
Jonas
Unschuldige Menschen.
Medea
Niemand ist unschuldig.
Jonas
Kinder. Nichts als den künftigen Höllenrauch der Fresser und Prasser wider Hunger im Bauch ...
Das ist das Böse ...
Medea
Das Böse existiert nicht. Es geschieht durch die Phantasie des Menschen, der nicht liebt.
Jonas
Die Hölle ist eine Falle für Ungläubige, die diese Worte der Lüge zeihen.
Alle diese Dinge aber lesen wir im Blut dieses Buches.
Selig der, dem nur das Hirn im Schädel kocht ...
Medea
Was ist los mit dir?
Jonas
Das Höllenfeuer brennt tausend Jahre, dann wird es rot.
Und es brennt weitere tausend Jahre, dann wird es weiß. Und es brennt weitere tausend Jahre, dann wird es schwarz ...
Medea
Mach die Augen zu.

Ihr Kopf verschwindet unter der Bettdecke.

Jonas *für sich.*

Ich will, daß mein Geschlecht gewaschen wird.

Medea

Mach die Augen zu und lehn dich zurück ...

Jonas

Die Zeit wird kommen, da Gott alle Menschen aus ihren Gräbern auferstehen läßt.

Ich wünsche, daß meine Familie und jeder, der dies hier hört, den allmächtigen Gott fürchtet und sich nicht durch das Leben ablenken läßt ...

Medea

Du bist ganz steif ...

Jonas

Diejenigen, die meinen Leichnam aufbahren, sollen mir die Augen schließen und beten, daß ich zum Himmel aufsteige. Niemand soll schreien oder sich die Kleider vom Leibe reißen. Niemand, der in der Vergangenheit nicht mit mir auskam, soll mich nach meinem Tod besuchen und küssen ...

Hör jetzt auf! Nein! Nein! Nein!

Er zerrt ihren Kopf unter der Decke von seinen Hüften weg.

Frauen sollen nicht für meinen Tod Abbitte leisten. Keine Tieropfer vor meinem aufgebahrten Leichnam! Die Totenwache halten, sollten Gottes gedenken und beten, daß ich bei den Engeln bin.

Hör auf jetzt! Nein jetzt! Nein jetzt doch nicht ...

Er zerrt ihren Kopf unter der Decke von seinen Hüften weg.

Jene, die meinen Leichnam waschen, sollten gute Muslime sein.

Und vor allem keine Frauen!

Nein! Nein! Nein!

Nicht jetzt! Nicht jetzt!

Er zerrt ihren Kopf unter der Decke von seinen Hüften weg.

Derjenige, der meinen Körper rund um meine Genitalien wäscht, sollte Handschuhe tragen, damit ich dort nicht berührt werde.

Nein! Nein! Nein!
Er zerrt ihren Kopf unter der Decke von seinen Hüften weg.
Frauen sollen weder bei der Beerdigung zugegen sein noch irgendwann später sich an meinem Grab einfinden.
Dreimal soll Erde auf meinen Körper geworfen werden mit dem Spruch:
Du kommst aus dem Staub, bist Staub und zum Staub kehrst du zurück.
Und aus dem Staub wird ein neuer Mensch entstehen.
Er atmet schwer.
Hör jetzt auf!
Medea *sitzt jetzt auf Jonas.*
Vogel, dich trifft mein Blitz im Flug. Vogel, der fliegt mit meinem Blut in der Brust...
Jonas
Direkt ins Herz der Finsternis.
Mein letzter Atemzug entfacht einen Brand im Jenseits.
Medea
Küß mich!
Jonas
Die Stimmen der Toten rings um mich, das Gewimmer und Gewinsel ihrer Seelen. Ich bin in einem Sarg, der fliegt.
In der Luft atmet der Tod frei.
Medea
Küß mich!
Jonas
Schlange!
Nein! Gott sagt, daß man auf Erden ohne Wünsche sein soll...
Betrachtet die Menschen, die im Namen Gottes gehandelt haben und dabei gestorben sind, nicht als tot. Sie leben vielmehr im Himmel.
Medea
Ich gehe mit dir überallhin. Überall.
Aber komm doch endlich zu dir.
Zu mir.

Jonas
Die Wüste ...
Medea
Reden wir nicht von der Wüste. Reden wir von der Sonne.
Jonas
Das Ende steht bevor. Öffne dein Herz!
Heiße den Tod im Namen Gottes willkommen!
Medea
Du wirst noch in diesem Augenblick im Paradies sein!
Jonas
Wenn du Babylon siehst vom Flugzeug herab, so bete zu Gott.
Lächle und vertraue darauf, daß Gott den Gläubigen stets beisteht und die Engel dich beschützen, obwohl du davon nichts bemerkst ...
Medea
Du hast Angst zu explodieren ...
Jonas stöhnt.

Lichtwechsel.

Medea und Jonas *im Chor.*
Wenn du im Flugzeug bist, solltest du zu Gott beten. Denn jeder, der zu Gott betet, wird gewinnen. Denn du tust dies für Gott.
Wie der allmächtige Prophet – Gott segne seine Seele – sagt, ist eine Tat für Gott besser als die ganze Welt und alles auf der Welt.
Sobald sich das Flugzeug seinem vom Schicksal bestimmten Ziel nähert, bete die Gebete der reisenden Muslime. Denn du reist, um Gott zu treffen ...
Dunkel.

II.6. JONAS, MEDEA UND DIE KINDER IM FLUGZEUG

II.6.1

Medea, die Kinder im Flugzeug. Der Platz von Jonas ist leer. Ringsherum im Flugraum verteilt, in Anzügen, mit Aktenkoffern: der Chor der Gotteskrieger.

Meta
Mama, im Flugzeug ist es warm wie in einem Tier.
Aber ich hab so einen Hunger!
Medea
Wir kriegen gleich was zu essen!
Ich rieche es!
Meta
Der Hunger schaut mir schon aus dem Mund heraus.
Medea
Hier – ein Stück Thunfischbaguette!
Meta
Mama, hast du das Auge gesehen, das aus meinem Mund herausschaut?
Das ist mein Hunger!
Medea *reicht ihr das Stück Baguette.*
Iß!
Meta
Ich, ich mag keinen Thunfisch.
Medea
Iß!
Meta nimmt das Baguette und ißt es.
Medea
Siehst du …
Meta
Wer den Thunfisch gegessen hat, das war mein Hunger.
Mein Hunger ist jetzt satt. Für immer!

Stimme
Meine Damen und Herren!
Wie Sie gesehen haben, hat der Kapitän die Anschnallzeichen eingeschaltet:
Bitte schnallen Sie sich wieder an – bis die Zeichen erloschen sind!
Wir fliegen nun durch leichte Turbulenzen!
Meta
Wo bleibt mein Papa?
Medea
Schnall dich jetzt an!
Meta *hebt ihre Puppe empor.*
Aber ich habe doch gerade ein Baby gekriegt!
Und wenn ein Menschenskind geboren wird, müssen sich alle auf der Welt vorher liebhaben. Auch die Affenpapas und Affenmamas.
Medea lacht und schnallt sie an.

II.6.2.

Jonas hat das Cockpit des Flugzeugs okkupiert. Aus dem Hintergrund hört man noch Gerangel mit der Crew und den Chor der Gotteskrieger.

Chor der Gotteskrieger/Stimmen
Dies ist die Stunde, in der du Gott treffen wirst.
Dies ist die Stunde, in der du Gott treffen wirst.
Dies ist die Stunde, in der du Gott treffen wirst.
Dies ist die Stunde, in der du Gott treffen wirst.
Dies ist die Stunde, in der du Gott treffen wirst.
Dies ist die Stunde, in der du Gott treffen wirst.
Dies ist die Stunde, in der du Gott treffen wirst.
Jonas
Und ich bete zu Gott, wie Gott es in seinem Buch gesagt hat:
Gott, hilf mir, dies zu tun! Laß uns über die ungläubigen Nationen siegen!

Chor der Gotteskrieger/Stimmen
Gott, vergib uns unsere Sünden!
Gott, vergib uns unsere Sünden!
Gott, vergib uns unsere Sünden!
Gott, vergib uns unsere Sünden!
Gott, vergib uns unsere Sünden!
Gott, vergib uns unsere Sünden!
Gott, vergib uns unsere Sünden!
Jonas
Wenn du deine Tat begehst, schlage hart zu wie ein Held. Denn Gott mag Menschen nicht, die ihre begonnene Arbeit nicht beenden.
Du kommst nicht zur Erde zurück. Drum schlage sehr hart und entschieden zu im Wissen, der Himmel wartet auf dich. Und die Engel rufen deinen Namen und tragen für dich ihre schönsten Kleider.
Chor der Gotteskrieger/Stimmen
Reinige dein Herz von allen schlechten Gefühlen!
Und vergiß alles über dein weltliches Leben!
Denn alles, was du in diesem Leben getan hast, wird bald vorüber sein!
Die Zeit ist reif, um das Richtige zu tun!
Wir haben unser Leben verschwendet – und nun ist Gelegenheit gekommen und die Stunde, sich Gott zu opfern!
Jonas
Und die Engel werden dir vergeben.
Chor der Gotteskrieger/Stimmen
Öffne dein Herz!

Plötzlich kommt Meta und schreit.

Meta
Papa! Papa!
Und sie beginnt, auf Jonas Rücken zu klettern, umhalst ihn von hinten und drückt ihm dabei fast die Luft ab.

Einen Augenblick verliert er die Kontrolle über das Flugzeug.
Ein gewaltiger Schlag.
Blackout.

NACHSPIEL: RING OF FIRE

Jason, Medea und Orpheus sitzen wie am Anfang auf ihrem Berg und schauen gebannt auf Meta, die jetzt im Feuerkreis sitzt.

Meta
Das Meer, das rauscht und rauscht –
Bis es lauscht …
Orpheus *für sich.*
Das Meer, das rauscht und rauscht –
Bis es lauscht …
Das ist es.

Vorhang.

Materialien

»Schwejk?«, Landestheater Linz, 14. Februar 2003
Silvia Glogner, Heiner Take und Maxi Blaha

Schwejk?: Die postmoderne Neuerfindung des barocken Welttheaters

Werner Fritsch im Gespräch mit Gerhard Willert und Franz Huber

Gerhard Willert:
Dein *Schwejk?* ist keine Dramatisierung des Hašek-Romans. Dein *Schwejk?* trägt im Titel ein Fragezeichen nach dem Namen.

Werner Fritsch:
Ich habe lange überlegt, wie könnte ich das Stück abheben von Mißverständnissen, die sich natürlich einstellen, wenn man *Schwejk* liest. Den Titel einfach nur zu okkupieren schien mir auch zu frech zu sein. So fiel mir die Lösung mit dem Fragezeichen ein. Das Fragezeichen bringt es ziemlich genau auf den Punkt: Es hat auch schon wieder was Schwejkhaftes, daß man also sagt, ist es jetzt Schwejk oder...? Es steckt so eine Schlitzohrigkeit drin.

Franz Huber:
In unseren ersten Gesprächen hast du erklärt, die Schwejk-Figur aus deinem Figuren-Fundus heraus entwickeln zu wollen.

Werner Fritsch:
Ich habe das Schwejk-Prinzip aufgeteilt auf drei Figuren: Wenzel, der den parzivalhaft-tumben Aspekt, Courasch, die den schelmenhaft-pikaresken Aspekt der Figur zeigt. Und auch sehr wichtig: Häcksler, der das Schwejk-Prinzip der Überaffirmation darstellt, wo man gar nicht weiß, ist das jetzt die subtilste Form der Subversion, die es überhaupt gibt, oder ist es pure Blödheit, oder ist es pure Anarchie. Also die drei Aspekte schienen mir dann die Schwejk-Figur zu umfassen. Einerseits aus Respekt vor dem Roman, andrerseits aufgrund des Bildes, das jeder durch Heinz Rühmann oder Fritz Muliar irgendwie von Schwejk im Kopf hat, zog ich die Konsequenz, daß es nicht mehr mit einer Figur zu machen ist, ohne daß es eine Art von Hašek-Kopie würde.

So einen Stoff aus dem eigenen Fundus, in einer eigenen Dramaturgie und eigenen Sprache zu schöpfen gilt zwar im Zeitalter des digitalen Kannibalismus und des Highspeed-Eklektizismus nicht so viel, aber für jeden, der selber künstlerisch arbeitet, ist, glaube ich, klar, daß dies ein weitaus größeres Abenteuer darstellt, als den guten Hašek ein weiteres Mal auszuschlachten.

Franz Huber:
Der Mittelteil des Dramas *Alle Vögel sind schon da in Afrika* erzählt in der Form eines Fiebertraumes die KZ-Erfahrung des Knechtes Wenzel. Wie kann man das begreifen?

Werner Fritsch:
Die Wette, die zwischen Wenzel und mir geherrscht hat, war die, daß er geglaubt hat, glauben zu müssen, daß ich ein Buch über ihn schreibe bzw. einen Film über ihn mache, und ich habe im Gegenzug geglaubt, »daß er in Afrika war«. Ich wußte, daß er in KZ-Nähe war. Aber ich habe das Schweigen von ihm darüber akzeptiert. Ich brauchte schon Jahre, um überhaupt in die Nähe dieses Terrains zu kommen. Immer sind da statt Auschwitz-Afrika-Episoden gekommen. Und ich fand das im Grunde sehr schön, weil er den Zuhörer, also das Kind, das ich für ihn immer noch war, schützen wollte und nicht wie sonst üblich – den Erzähler. Und er bringt ja somit letztlich die Tatsache auf den Punkt, daß uns die älteren Leute immer nur Märchen erzählt haben über diese Zeit, nur halt nicht so fantasievolle wie Wenzel.

Gerhard Willert:
Als Historie verkleidete Märchen.

Werner Fritsch:
Es ist wirklich schwer – als Deutscher – übers KZ zu schreiben. Weil unsere Generation noch erschlagen ist von der Wucht der dokumentarischen Bilder. Spielberg hat mit *Schindlers Liste* den Anfang gemacht, einen Spielfilm in dokumentarischer Schwarzweißästhetik übers KZ zu machen, da wird sich für künftige Generationen, die ohnehin wissen, daß sich auch dokumentarische Bilder digital manipulieren lassen, irgendwann alles auflösen im virtuellen Nirgendwo. Bislang lasse ich lieber die Dokumente

für sich sprechen und versuche, KZ künstlerisch anders zu lösen. In *Schwejk?* durch die dünne Kruste des Afrika-Märchens oder Fiebertraums, wo an allen Ecken und Enden das KZ hervorschaut.

Gerhard Willert:
In gewisser Weise bist du ja mit dieser Afrika-Szene eher auf der Seite von Paul Celan als auf der Seite von Adorno. Weil Adorno dir auch die Löffel langgezogen und gesagt hätte: Das darf man überhaupt nicht. Also im Grunde ist es ja Lyrik, diese Szene.

Werner Fritsch:
Ich stehe da ohnehin auf der Seite von Celan. Im Grunde kann man nach Auschwitz nur noch eines: Gedichte schreiben. Natürlich kein Tralala. Auschwitz hat nahezu alle Bereiche unserer Kultur verstrahlt. Warum hat Adorno nicht zum Beispiel gesagt: Nach Auschwitz kann man nicht mehr Zug fahren. Ich nehme an, daß er selber noch Zug gefahren ist. Und bis zum Ende der DDR gabs ausgerechnet im kommunistischen Ostdeutschland noch immer die Reichsbahn, die Millionen von Menschen, nicht zuletzt Kommunisten, nach Auschwitz transportiert hat... Absurd!
Ein weiteres Beispiel für ein postadornistisches Mißverständnis ist, daß, wer über Natur schreibt, automatisch in Verdacht gerät... Jedoch dafür, daß sie von den Nazis reklamiert wurde, kann die Natur – aus der sich, sowieso sonnenklar, naturgemäß jeder alles holen kann – genausowenig wie ein Pferd dafür kann, daß es in der Marlborowerbung vorkommt.

Gerhard Willert:
Deine schwejkische Wenzelfigur kommt ins KZ und hat einen Fiebertraum. Der Traum schließt ja die Realität mit ein – wie der Bernstein das Insekt. Ich denke, generell muß man sich die Frage stellen, wie man was übersetzt in der Kunst, weil ich glaube, daß das pure Nachahmen der Realität nicht sehr weit führt. Und gerade bei so einem eigentlich nicht darstellbaren Thema sieht man viel mehr, wenn das in eine traumatische Wirklichkeit überführt wird.

Franz Huber:
Wenzel spricht in diesem Fiebertraum mit Hitler, mit Papst Pius, mit dem Tod und mit dem Großen Ohrenneger? Wer ist das?

Werner Fritsch:
So eine Art Gottesfigur.

Gerhard Willert:
Der schwarze Gott.

Franz Huber:
Gegen die Szenen entlang eines chronologischen Fadens schneidest du Szenen, die *Jenseits des Todes* heißen und auf dem *Friedhof der Fernseher* stattfinden.

Gerhard Willert:
Das Stück hat ja eine schier überbordende Fülle sowohl an künstlerischen Mitteln als auch an Zeitebenen, Wirklichkeitsebenen. Da kam es mir beim ersten Lesen vor wie die postmoderne Neuerfindung des barocken Welttheaters.

Werner Fritsch:
Die Sequenzen *Jenseits des Todes* finden auf dem Friedhof der Fernseher statt. Auf jedem Grab steht – statt der Lichter und Blumen – ein Fernseher.
Und wenn die Verstorbenen an ein Jenseits geglaubt haben, sieht man am Bühnenhintergrund Filmbilder in den Endlosschleifen der Ewigkeit: die die oder den Toten im Paradies, im Fegefeuer, in der Hölle zeigen.
In der Vorbemerkung frage ich: Ist das Jenseits nicht die einzige Legitimation für Film auf dem Theater, ja für Film überhaupt?
Auch wurde meine Sprache in einem der ersten Fernsehberichte über *Cherubim* mit den brokatgekleideten und diamantengeschmückten Totengerippen sogenannter »Heiliger Leiber« in der Waldsassener Basilika verglichen: Einerseits knapp und aufs Notwendigste skelettiert, andererseits von großem Reichtum und Prunk.

Gerhard Willert:
Ein guter Vergleich! Eine Sprache, die wie im Fernsehspiel das Sprechen ringsherum verdoppelt, erstickt alle Phantasie. Bei dir kann jeder sich das Fleisch der Figuren in seiner Phantasie erschaffen.

Franz Huber
Das kann man aber auch noch weiterdenken: So wie ja solche »Heiligen Leiber«, solche Heiligenfiguren, zusammengesetzt sind aus Knochen, Schädeln vieler Menschen, wobei vielleicht ein Brustbein tatsächlich von einem Märtyrer stammt... Und dieses eine Knochenstück – man weiß längst nicht mehr, welches es war – eines Heiligen überstrahlt die restlichen Knochen-Bausteine, die von ganz anderen Menschen herkommen. Es überstrahlt die gesamte, synthetisch zusammengebaute, gleichsam »collagierte« neue Heiligenfigur – und schließlich den ganzen Kirchenraum – mit der Heiligkeit seiner Aura. So ist ja auch eine Figur wie Wenzel von dir zusammengesetzt aus vielleicht einem authentischen Satz und vielen synthetischen – und man weiß längst nicht mehr, was von dir, was vom Wenzel ist.

Werner Fritsch
Ich weiß es auch nicht mehr.

Franz Huber:
Werner Fritsch erschafft mit seiner Sprache Welt und Wirklichkeit. Und so beginnt das Stück auch mit einer Welterschaffung Wenzels. Die Sprache nährt sich unter anderem aus der gesprochenen Sprache, einer Sprache, die sich geographisch entlang des ehemaligen »Eisernen Vorhangs« festmachen läßt. Hat das auch mit einer Welt zu tun, die es fast nicht mehr gibt, die am verschwinden ist?

Werner Fritsch:
Natürlich ist die Gegend, in der das Stück angesiedelt ist bzw. aus der es herkommt, auch staubig geworden von den Autobahnen der Welt. Nun sind auch dort alle Kinder geprägt von den weltweit gleichen Musiken, Bildern, die Teletubbies triumphieren... Wohingegen Menschen aus der Generation Wenzels noch einen eigenen Kosmos mit ins Grab nahmen.

Mit Figuren wie Wenzel oder Courasch habe ich Steine, die die Bauleute des hiesigen Weltgebäudes weggeworfen haben, zu Ecksteinen gemacht.

Gerhard Willert:
Der Formwille von Werner Fritsch ist ein ganz hoher, und das ist ja immer das, was mich interessiert. Mich interessieren immer Texte, die Massive sind, und die mir einen Widerstand geben: mehr als Texte, die einen scheinbar realistisch-naturalistischen Zugang haben. Aber jenseits dessen ist mir natürlich diese Welt schon sehr nah, und auch diese Figuren. Der Raum, wo Fritsch herkommt, nordöstliche Oberpfalz, der zieht sich ja über Böhmerwald und Bayerwald und hört hier im Mühlviertel auf. Ich komme aus der südlichen Oberpfalz. Figuren wie Wenzel hat es da nicht zu knapp gegeben.

Werner Fritsch:
Zu den Absurditäten meines Theaterweges gehört ja, daß ich, der so sehr aus dem Süddeutsch-Barocken, fürs Theater als Kind initiiert vom katholischen Gottesdienst, kommt, daß ich erst jetzt, in der Spielzeit 2002/2003, eben hier in Linz und in München am Bayerischen Staatsschauspiel gespielt werde.

Gerhard Willert:
Im Grunde ist deine Arbeit auf der theatralen Ebene nichts anderes, als wenn Claude Lévi-Strauss zu den Indios nach Südamerika fährt. Im Grunde ist deine Arbeit auch eine ethnologische. Ich glaube, gerade die Texte von Werner Fritsch erstickt man, wenn man sie zukleistert mit einer Wirklichkeitssimulation. Mit etwas, das so tut, als sei es die Wirklichkeit. Dann hat es keine Luft mehr, und der Zuschauer hat keine Luft mehr. Ich muß dem Zuschauer eine Möglichkeit bieten, in den Text reinzukommen, was der Komponist Christoph Coburger immer Betrachtungslücke nennt. Also: Mein Zeichensystem auf der Bühne muß so offen sein, daß jeder, der zuschaut, sich auch seine eigene Geschichte zusammendenken kann.

Franz Huber
Dir wurde von Teilen der Kritik vorgeworfen, daß du die Wenzel-Figur zweimal verwendet hast.

Werner Fritsch
Keinen Vorwurf verstehe ich weniger! Homer hat einen Helden zweimal verwendet: Odysseus kommt in der *Ilias* und in der *Odyssee* vor. Sophokles hat einen Helden zweimal verwendet: Ödipus kommt in *Ödipus* vor und in *Ödipus auf Kolonos* ... Shakespeare hat Falstaff zweimal verwendet in *Heinrich IV.* und in *Den lustigen Weibern von Windsor* ... Und so weiter und so weiter und so weiter. Zu schweigen von Balzac, Faulkner, Onetti, Johnson ...
Ich glaube, es versteht ein jeder, daß für einen Autor nahezu dreitausend Jahre Literaturgeschichte mehr Autorität haben als die Tageskritik.

Franz Huber
Du baust ja auch einen Kosmos, deinen *Cherubim*-Kosmos!

Stefan Pokroppa
Hydra Krieg: Medea Reloaded

»Der Krieg ist der Spiegel der Schöpfung«, sagt Aison, der mächtigste Mann der Welt, zu seinem heimgekehrten Sohn Jason, bevor dieser als Anführer der Argonauten in den Krieg zieht, um das Goldene Vlies zu finden. Und es sind in der Tat inhaltliche Spiegelachsen, die den Textkorpus der *Hydra Krieg* stigmatisieren und an denen Bilder über Bilder in Paradoxien zerbrechen. So entsteht ein neues, ein monströses Theater-Stück, eine düstere Traumreise des Sprach-Schamanen Werner Fritsch, der die Sprache bis in die Silben hinein zerstückelt und neu zusammensetzt. Wie in einem historischen Prisma schillern die Argonauten auf ihrer Reise in den Farben der Kreuzzügler, scheinen bald wie die ersten Kolonisatoren, bald wie moderne westliche Invasoren und kehren sich schließlich an der Spiegelachse zwischen Leben und Tod in der Stückmitte um in ihr vermeintliches Gegenteil. Sie werden zu islamistischen Gotteskriegern mit Rachegelüsten, die im Jenseits spiegelsymmetrisch die Stationen der Argonautenfahrt zurückverfolgen. Argonauten wie Gotteskriegern gemein ist dabei die Jagd nach dem Goldenen Vlies, dem abstrakten Symbol für alle möglichen »Sinnspitzen der Existenz«: Für Aison ist es das Öl, für Jason das Goldene Zeitalter einerseits, andererseits in den Händen der Feinde der Untergang, für Orpheus ist es seine vollendete Dichtung und für die jenseitigen Gotteskrieger der Vernichtungsschlag gegen die »Hure Babylon«. Dabei flackert das Goldene Vlies indessen in sexy Bildern über die Monitore des von Satelliten umkreisten Erdballs, denn die Medien-Medea trägt es als blondgelocktes Haupthaar auf dem Kopf, während sie sich als Werbeschönheit auf einem Stierrükken räkelt. Jasons Frau Medea scheint der Kristallisationspunkt zu sein, die eigentliche Spiegelachse der Welten, die die Projektionsfläche koordiniert, auf der im Theater als letztem Raum für Metaphysik Schöpfung und Apokalypse aufeinandertreffen, Film und Realität, Diesseits und Jenseits.

VORSPIEL – RING OF FIRE: Jason erkennt seine Verantwortung und verläßt den weltvergessenen Berggipfel, auf dem er sich vor Jahren mit Medea und seinem Dichter-Freund Orpheus zurückgezogen hatte, um sich hippiehaft dem Luxus des Pazifismus in der Sicherheitszone hinzugeben: Make love, not war, Partnertausch im Drogenrausch. Das Motiv seiner Rückkehr aus dem »Ring of Fire«: die Verantwortung wahrnehmen und den drohenden »finalen Terrorakt« verhindern.

I.1 JASONS ABSCHIED VON MEDEA UND DEN KINDERN: Jason kehrt in die Gesellschaft zurück und verabschiedet sich von Medea und seinen beiden Töchtern, um in den Krieg zu ziehen, denn das Goldene Vlies in Feindeshand ist der Niedergang der eigenen Zivilisation. Medea entgegnet, er hätte doch das Goldene Vlies bereits, und bietet an, sich den Gotteskriegern auszuliefern, was Jason aufs heftigste ablehnt.

I.2 JASON UND AISON – DER VATER ALLER DINGE: Jason söhnt sich mit seinem Vater Aison aus und sagt, er will die Verantwortung für sein Land übernehmen. Die beiden einigen sich darauf, daß die Bilder dieses Krieges wichtiger sind als der reale Krieg, und so opfert Jason sich, ein mythologischer Messias für sein Volk, um kamerabewehrt zusammen mit den Argonauten das »Flimmern der Sanddünen im Mondlicht mit dem Flimmern der Monitore der Welt zu synchronisieren«.

I.3 JASON IN DER WÜSTE: Das ehrgeizige Ziel des Kriegseinsatzes im mythisch-phantastischen Kampfgebiet Afrika, welches auch Afghanistan sein kann oder Irak, führt direkt in die Schußlinien, die Kugeln sirren den Filmleuten nur so um die Ohren, Knochen splittern, Eingeweide spritzen blutige Bilder auf Zelluloid, welche dem Kriegshelden Herakles schon lange die Seele zerfetzt haben.

In der Wüste, der ersten Kriegsstation, wird Jasons Kopf die »Kommando-, Schnitt- und Sendezentrale«, und über ihm schweben »Götter in Gestalt von Satelliten«. Sein Goldenes Vlies ist nun in erster Linie die Wahrheit und ihre filmische Vermittelbarkeit. In den Sprach-Kaskaden der Argonauten gelangt der Krieg zu bestürzender Allgegenwart. Der Nachrichtenton, in dem die Protagonisten in die Kamera sprechen, offenbart sein Versagen vor der Realität gerade in dem Versuch, dieses hinter der Objektivität zu vertuschen. Die »Fiktion der Fakten«, wie von Aison zu Propaganda-Zwecken erwünscht, besteht aus falschen Fernsehbildern und ist mit Daten unterlegt, welche keinesfalls die umfassende Lebensgefahr illustrieren können. Im Gegenteil löst sich die körperlich-existentielle Beschaffenheit des Krieges in den Monitoren der Welt auf. Kein Satellitenbild, kein digitaler Datentransfer vermag den barbarischen Steinzeitkrieg zu erfassen, zu dem die Argonauten trotz technologischer Überlegenheit von den Gotteskriegern gezwungen werden.

I.4 JASON IN DEN BERGEN: In den Bergen, dem nächsten Kriegsschauplatz bzw. Drehort, spricht der ruinierte Herakles vor der Kamera eine grausame mörderische Wahrheit aus, die – »Cut! Cut! Cut!« – beschnitten werden muß, denn es ist eine Wahrheit, die niemand braucht, schon gar nicht die Fernsehsessel-Krieger daheim. Ihr entfliehen Orpheus und Jason in berauschende Traumwelten, indem Orpheus seine verblichene Geliebte Eurydike beschwört und Jason über Monitor mit seiner kleinen Tochter Meta spricht, deren Gedicht »Ich bin die Sonne« in der Tat pure Poesie ist, wie Jason sagt. Doch auch dieses Bild scheint gebrochen, denn das Gedicht Metas findet den Weg nicht in den konkreten Raum der Bühne, sondern erreicht Jason im Medienkrieg ja lediglich über den Bildschirm. Und die Rose, die Meta ihrem Papa bei seiner Abreise geschenkt hatte, war nur aus Plastik, so als ob in der Figur des Kindes die personalisierte Unschuld unschuldig schuldig geworden ist.

I.5 JASON UND DIE SIRENEN: Jasons Sehnsucht nach Medea und den Kindern verläuft sich in den Traum von den Sirenen, die lockend den Argonauten ihr spezielles Goldenes Vlies verheißen. Jason erliegt ihnen nicht und versucht, sie zu vertreiben, wohl auch, um sie vor dem zu bewahren, was folgt: Die Argonauten vergewaltigen die Sirenen und schänden sie aufs grausamste, kriegen dabei allerdings Potenzprobleme angesichts der Verse des Orpheus, die die Schändung poetisch unterlaufen. Jason erwacht aus dem Alptraum durch das Schreien eines Säuglings. Die Argonauten finden ein ausgesetztes Baby in der Nähe ihres Lagers. Vor der tödlichen Falle kann Jason, als er die Auslösedrähte bemerkt, seine Kameraden nicht mehr rechtzeitig warnen, und so fliegen sie alle in die Luft. Das Baby, womöglich der Bastard eines Argonauten, geboren von einer zuvor geschändeten Sirene und mit Sprengstoff wattiert, war eine menschliche Bombe. Über Funk gibt Jason, der einzige Überlebende, die

Nachricht durch, alle Männer sind tot, es soll alles niedergebombt werden. Das Filmprojekt ist beendet.
Mit Medea vereint befindet sich Jason nun im »Leib der Hydra Krieg«, Spiegelpunkt des Stücks, an dem Leben und Tod ineinander übergehen und die Medien-Magierin ihn gleichzeitig verschlingt und neu erschafft als Jonas im Jenseits.
II.1 JONAS UND DIE HURIS: Jonas durchläuft im Krebsgang die Stationen seines Alter egos Jason. Er hat die Seiten gewechselt: Nicht nur von den Lebenden zu den Toten, Jonas ist nun ein Gotteskrieger, ein Theologe des Terrors, der Ungläubige in die Hölle zu schicken trachtet. Dabei ist er gemeinsam mit den Kriegstoten selbst schon in der Hölle, in der rückblickend aufs Leben ein ewiges Morden und Vergewaltigen von den verlorenen Seelen im Tode nacherlebt wird. So reflektiert der zweite Akt den ersten spiegelsymmetrisch und illustriert die Gegensätze allenthalben: Von Jasons Dichter-Freund Orpheus ist nur der Kopf geblieben, der mit »Allah-o-Akbar«-Gesängen auf dem »Fluß des Vergessens« treibt und endlich Worte findet, um den Krieg zu bannen. Aus Herakles ist Hassan geworden, der an Hassan i Sabbah erinnert, den »ersten Terroristen«, der im 12. Jahrhundert seine Anhänger unter Drogen setzte und so zu mörderischen Aktionen zwang. Hassan spiegelt die medien-inkompatiblen Wahrheiten des Herakles, indem er als Hacker den »Totalen Krieg« per Notebook in die virtuelle Realität des Internets überführt. Die aufgeklärten Argonauten sind im zweiten Teil fanatische Gotteskrieger, die geschändeten Sirenen Huris, jene paradiesischen Jungfrauen des Korans, und sie reinigen die in der Hölle Leidenden scheinbar durch ihre Zärtlichkeiten, welche jenen allerdings zur grausamen Strafe gereichen.
II.2 JONAS IN DEN BERGEN: Jonas trifft auf die zuvor von Jason und den Argonauten Getöteten und hört die Kriegsberichte nun aus deren Perspektive. Aus dem diesseitigen Präsens der Argonauten wird ein jenseitiges Präteritum der Gotteskrieger, was nichts an der Plastizität der Gewaltschilderungen ändert. Verändert sind vielmehr alle Vorzeichen in diesem Höllenreigen, den Jonas durchläuft.
II.3 JONAS IN DER WÜSTE: Ein grausiger Höhepunkt: Jonas, beim Gebet zu Allah, wird mit Berichten seiner Gotteskrieger konfrontiert, die ihm von dem kleinen Mädchen erzählen,

dem sie beide Arme abhacken mußten, weil ein Feind ihm ein Bonbon geschenkt hatte: »Das linke Ärmchen baumelte noch an einem Hautfetzen. Dieses Bild hat sich eingebrannt für immer.« – Ein fürchterlicher Reflex auf das Gedicht der kleinen Meta im ersten Akt, erblüht aus dem kindlichen Zustand paradiesischer Gnade. Hassan kann indessen angesichts der durchlittenen Greuel die friedvoll-familiäre Idylle nicht ertragen, die ihm die Medea-Erscheinung bietet, und so steckt er sich selbst in Brand; auf dem Scheiterhaufen verbrennt wie der mythische Herakles auch der Märtyrer Hassan, einer jener Gotteskrieger, die sich im Dschihad als lebendige Fackeln opfern.

II.4 JONAS UND AISON: Bei seiner Rückkehr zum Präsidentenvater und zu seiner Familie ist Jonas, der als Jason gefeierte Kriegsheld, seelisch am Ende. Dem enthusiastischen Vater gegenüber ist Jonas merkwürdig stumm, was jener als vorübergehendes Kriegstrauma deutet und ihn deshalb zu Medea schickt.

II.5 JONAS UND MEDEA: Wie paralysiert redet Jonas im Ehebett hauptsächlich nur mehr in der pathetischen Sprache der Todesflieger vom 11. September. Er zitiert das Testament Mohammed Attas und die Terroristenfibel der Al Quaida, die den Tätern religiöse Unterweisung für die Stunde des Todes mit auf den Weg gibt, während Medea ihn oral befriedigt. Immerhin hat sie sich gerade auf ihr Idealgewicht gefastet, während anderswo »jeden Tag sechzigtausend Kinder verhungern«. Als Jason seine Familie verließ, hatte Medea ihn im Bezug auf seine spätere Wiederkehr gefragt: »Aber wer bist du dann?« Nun kann sie Jonas nicht mehr zurückbringen zu sich selbst. Medea, die bislang eine dominierende Position im Stück innehatte, stimmt schließlich ein in die Terror-Litanei des Jonas, kehrt zurück zu ihren Wurzeln als Tochter des Aites, dem größten Feind der westlichen Zivilisation, und begleitet ihn mitsamt den Kindern und den Gotteskriegern auf die Flugreise, »um Gott zu treffen«.

II.6 JONAS, MEDEA UND DIE KINDER IM FLUGZEUG: Mit Hilfe der Gotteskrieger verschafft Jonas sich Zugang zum Cockpit und übernimmt die Kontrolle über das Flugzeug, um den »finalen Terrorakt« selbst auszuführen, eine Kontrolle, die durch die gebetsmühlenhaften Wiederholungen pseudoreligiöser Formeln motiviert ist und die Jonas verliert, weil Tochter Meta ihm auf den Rücken steigt (»Papa! Papa!«) und damit den Absturz auslöst, freilich anderswo als geplant. NACHSPIEL: RING OF FIRE: Am Ende sitzen Jason, Medea und Orpheus wie zu Beginn auf ihrem Berggipfel um ein Lagerfeuer. Vielleicht war das ganze Geschehen nur ein Traum unter LSD-Einfluß. Im »Ring of Fire« sitzt nun Meta und sagt etwas genial Einfaches: »Das Meer, das rauscht und rauscht – Bis es lauscht...« Und Orpheus, der als Dichter zeitlebens versucht hatte, die Welt durch Sprache neu zu erschaffen, ist überwältigt von dieser Urkraft des Unbewußten.

DER KURZSCHLUSS VON ARCHAIK UND AKTUALITÄT

Während antike Textvorlagen in der Gegenwartsdramatik herkömmlicherweise adaptiert und dann modern inszeniert werden, geht es Fritsch in *Hydra Krieg* darum, einen antiken Mythos modern zu schreiben und dabei alle möglichen Spiegelungen und Überkreuzungen auszuhalten. Das Personal Jason, Medea, Orpheus, Herakles und Aison wird der antiken Sage entlehnt und in einen aktuellen Kontext gestellt, in dem Aison dem amerikanischen Präsidenten entspricht und sein Sohn Jason zum fanatischen Terroristen mutiert, der sich im Flugzeug als zivile Bombe gleichsam im Trojanischen Pferd verbirgt. Mit Medea sind in einer einzigen Figur gleich mehrere Aspekte vereint: das Sex-Symbol des Westens ist gleichzeitig Flüchtling aus dem Schurkenstaat ihres Vaters Aites, dessen Werte Medea verraten hat. Die antike Magierin und Kindsmörderin trägt das Goldene Vlies als blonde Lockenpracht auf dem Haupt und wird von den Gotteskriegern gejagt, wie Helena in der *Ilias*, welche den Anstoß zum Trojanischen Krieg gab. Für ihren Ehemann Jason ist Medea das »einzige Stück Land, das sich zu verteidigen lohnt«, für Orpheus wird sie zur Reinkarnation der Eurydike, und schließlich ist sie als Mutter verantwortlich für die metaphysiche Ebene des Stücks, welche in die Zukunft weist: Am Ende ist es die kleine Meta, deren Wort einen Neubeginn ausmacht.
Hydra Krieg folgt dem Aufbau nach im wesentlichen der *Argonautica* des Apollonios von Rhodos, beinhaltet darüber hinaus aber Einflüsse von der *Medea* des Euripides und spielt immer wieder auf Homer an, z. B., indem Aison in der *Ilias* liest, vor-

geblich, um den »Kopf in Schuß« zu halten. Inhaltlich geht es jedoch nicht um Troja und auch nicht um ein zu erringendes Göttergeschenk aus Stierfell. Vielmehr berichtet das Stück von Krieg in der Gegenwart, und seine Handlung mündet in dem modernsten aller Terror-Anschläge, bei dem ein ziviles Flugzeug von Gotteskriegern in ein bestimmtes Ziel gelenkt werden soll. Somit kommt es in *Hydra Krieg* zum dramatischen Kurzschluß zwischen Archaik und Aktualität. Der fundamentale Angriff auf die brüchigen Wurzeln der westlichen Zivilisation, den der Anschlag vom 11. September 2001 darstellt, verändert in *Hydra Krieg* den Mythos von der Gegenwart her, während gleichzeitig die Archetypen der Antike ihre Schatten werfen. Das spezifische Ineinandergreifen verschiedener Stoffe aus antiker Sagenwelt und aktueller Kriegsrealität läßt sich anhand des Vergleichs der antiken Vorlagen mit *Hydra Krieg* illustrieren:
Bei Apollonios begeben sich die Argonauten auf Eroberungsfahrt, um das Goldene Vlies zu erringen, erleben diverse Abenteuer und erreichen schließlich mit Medea und dem Vlies die heimatlichen Gefilde. In dem Fritsch-Drama entstammt die mythische Mörderin der Dritten Welt. Die Terroristentochter wird mediale Schönheitsgöttin des Westens und Ehefrau des Präsidentensohnes. Im Gegensatz zu den *Argonautica* ist sie anfangs bereits mit Jason verheiratet. Sie bleibt bei den Kindern, als Jason in den Krieg zieht, das Goldene Vlies zu finden. Schließlich sitzt die ganze Familie im Todesflugzeug, und es kommt zum finalen Crash. Einerseits bleibt Medea in dem Drama durch diese Abweichungen auffällig passiv, ist aber als Projektionsfläche fast aller Männer des Stücks omnipräsent. Andererseits scheint die *Medea* des Euripides lautstark im Hintergrund *Hydra Krieg* zu kontrastieren: Medea, die in ihrem Stolz verletzte, affektüberflutete Magierin, häuft durch die von Jason erlittenen Demütigungen so viel Haß und Rachegelüste an, daß sie schließlich so weit geht, ihre eigenen Kinder umzubringen, nur um Jason, deren Vater, zu vernichten. Bezieht man z. B. Pasolinis »Medea«-Film ein, in dem die Parabel von Medea und Jason als Dritte Welt und Kolonisator so eindringlich ausgeführt ist, so entsteht nun in *Hydra Krieg* buchstäblich eine harte literarische Legierung, funkenschlagend geschmiedet aus Mythos und Gegenwart. Die Todesflieger, haßüberladen und fanatisch, setzen zum Gegenschlag an,

motiviert aus Rache für jahrhundertelange Unterdrückung und Ausbeutung durch den Westen. Sie sind bereit, sich selbst und die Zukunft mit in den Tod zu reißen. Der finale Selbstmordanschlag steht bevor. Medea täuscht bei Euripides Jason durch vorgeschützte Einsicht in die sophistische Vernunft, bevor sie die Kinder tötet. Die Terroristen bei Fritsch aber schlagen aus dem Schoß der westlichen Gesellschaft heraus zu, der sie sich scheinbar in friedlicher Absicht und getarnter Einsicht in die westliche Vernunft angepaßt haben. So kommt es zu intertextuellen Verzerrungen und Symbolverschiebungen zwischen den unterschiedlichen Plots. »Der Zusammenbruch der Gegenwart impliziert auch den Zusammenbruch der Vergangenheit«, zitiert Werner Fritsch Pier Paolo Pasolini in einem Artikel (*Der Schatten des Sophokles*, Theater der Zeit, Mai 2002), geschrieben parallel zur Arbeit an *Hydra Krieg*. Infolge der anthropologischen Revolution, die im Zuge des Konsumismus das soziale Weltgefüge ins Wanken bringt, äußert sich Pasolini über den Zustand des Menschen: »Dieser Mensch hat keine Wurzeln mehr, er ist ein monströses Geschöpf des Systems. Meines Erachtens ist er zu allem fähig.« Herakles und die anderen Argonauten in *Hydra Krieg* haben ihre mythologischen Wurzeln mithin vergessen, vielleicht aber noch nicht ganz verloren.

Das neuartige Vorgehen von Werner Fritsch in seinem Theaterstück erschließt Bedeutungsdimensionen sowohl der Gegenwart als auch der Vergangenheit durch Kollision der Zeitebenen zu einem Endlos-Loop des Schreckens. Es ist schwierig, zu unterscheiden zwischen Wahrheit und Manipulation im Gestern und im Jetzt.

EINE TRILOGIE DES KRIEGES

Vielleicht ist *Hydra Krieg* die bislang eindringlichste Fritsch-Vision, die ihren Weg auf die Theaterbühne findet. Dabei ist das Thema des Krieges keineswegs neu im Werk des Autors. Die Betonung des Thanatos hat im literarischen Schaffen von Werner Fritsch teilweise berüchtigte Vorläufer. In seinem ersten großen Prosa-Text *Steinbruch* war es noch der Krieg im Konjunktiv, den ein monologisierender Bundeswehr-Rekrut im Gleichschritt durchmarschiert, eine zynische Generalprobe auf eine niemals stattfindende Premiere. Im Theaterstück *Fleischwolf* ist es die latente Gewalt, die sich in der Sprache manifestiert und diese gleichsam zugrunde richtet und ähnlich obszön erscheinen läßt wie die in *Hydra Krieg*. Das Stück wurde seinerzeit scharf kritisiert. Zu übertrieben schien der moralische Sumpf, aus dem die Protagonisten in »Hundssprachen röchelten«, wie es in *Fleischwolf* heißt. Heute jedoch werden Präventivkriege nicht mehr nur diskutiert, sondern wie notwendig geführt. Man muß Werner Fritsch zugestehen, daß er recht behielt mit seiner keineswegs nur auf Schock und düsterem Orakeln ausgerichteten Dramatik und sich dabei als messerscharfer Beobachter des gespaltenen und moralisch mattgesetzten Zeitgeistes erwiesen hat. Bezogen sich nämlich frühere Stücke auf den Kontext des Kalten Krieges, so reagiert Fritsch in Hydra Krieg auf die von Grund auf neue Situation: Der Krieg ist nicht mehr international und findet ausschließlich auf militärischer Konfrontationsebene statt, sondern verlagert sich mitsamt der nuklearen Option in die Zivilgesellschaft und wird angesichts deren durchlässiger Grenzen transnational, indem sich z. B. Terroristen in dem Land ihres Einsatzes ausbilden lassen. *Hydra Krieg* erzählt von dieser neuen Entwicklung und vervollständigt damit die vorangegangenen Texte *Steinbruch* und *Fleischvolf* zu einer Kriegstrilogie. Eine enge Verwandtschaft zu dem Stück *Fleischwolf* läßt sich indessen widersprüchlicherweise gerade anhand der Unterschiede konstatieren: Während in *Fleischwolf* jener Unführbarkeit des Kalten Krieges dadurch Rechnung getragen wird, daß die Brutalität fast ausschließlich verbal ist und sich in der Bühnenhandlung kaum niederschlägt, fliegen nun in *Hydra Krieg* die Argonauten tatsächlich auf der Bühne in die Luft, zerfetzt von der menschlichen »Baby-Bombe«. Es geht nicht mehr nur um das, was sein könnte, sondern das, was ist, wird thematisiert und aufs Theater gebracht. Gewalt und Tod auf der Bühne spiegeln Gewalt und Tod in der Realität. Die erschütternde Brutalität bleibt dabei zusätzlich in der Sprache latent, wie als Hinweis auf eine potentielle Eskalation.

Hydra Krieg ist ein äußerst unbequemes Stück und zeigt eine verdichtete Realität, die von vielen lieber fernsehenden Auges verschwiegen wird. Nach dem Theaterskandal, der seinerzeit durch einige Kritiken zu *Fleischwolf* ausgelöst wurde, hatte der »Spiegel« Werner Fritsch einige Jahre später angesichts der Eskalation rechter Gewalt in Deutschland gebeten, über seine Erfahrungen beim Militär zu schreiben (*Unbesiegbar im Morgengrauen*, Der Spiegel 4/98). Mit *Hydra Krieg* äußert sich der Dramatiker nun erneut zu einem höchst aktuellen und brisanten Thema, indem er die Möglichkeiten des Theaters der Gegenwart konsequent bis an ihre Grenzen nutzt.

Fritsch führt dem Zuschauer vor Augen, daß er nicht an saubere Kriege glaubt und daß es eine dekadente Medienwelt ist, die suggeriert, der Westen könnte auf diese Weise angesichts der Opfer – erst recht derer, die gerade nicht im Fernsehen gezeigt werden – für den Weltfrieden sorgen, während weite Teile der verantwortlichen Bevölkerung, moralisch totgetalked, vom Tittytainment der Monitore abhängig sind und keine Sekunde mehr ohne Blind-Berieselung auskommen. In der Tat opfert sich Jason auf, indem er selbst mit der Kamera ins Gefecht geht und das Goldene Vlies sucht, eine fürchterliche Wahrheit, die er im Tode findet. Der Film mißlingt, der Kamerablick versagt vor dem Grauen der Realität. »Nicht den Fernseher! Nicht den Fernseher!« ruft die kleine Meta und kann nicht verstehen, daß der Papa hinter der Mattscheibe nicht mit ihr redet. Als Kind, das sich durch die flimmernden Monitore nicht von der Realität abhalten läßt, ist Metas Wahrnehmung wahrhaftig im eigentlichen Sinne. Schon der Bauernknecht Wenzel aus *Cherubim* hatte gefürchtet, man könnte ihn aus den Western- und Kriegsfilmen im TV heraus erschießen und war vorsorglich vor der Mattscheibe in Deckung gegangen. Diese Naivität der Wahrnehmung wird im Fritsch-Kosmos ihrerseits zu einer ins Herz treffenden Waffe der Wahrheit. *Hydra Krieg* appelliert an die Verantwortung, die es wahrzunehmen gilt. Diejenigen, die schon lange nicht mehr an ihre eigene Macht glauben, die konsumgestillten Massen, sind aufgefordert, diese auszuüben und sich nicht mit der eingebildeten und vorgetäuschten Ohnmacht vor der »Fake-Factory« zufriedenzugeben, in der der Medienkrieg unter allgemeinem Realitätsverlust telegen produziert wird.

Ein letzter Spiegel in *Hydra Krieg* könnte damit an der Bühnenrampe des Theaters als moralischer Anstalt stehen und dem Publikum vorgehalten werden. Mit seinem Theaterstück spiegelt Werner Fritsch die Eindrücke von Terror und Krieg in den letzten Jahren auf den Projektionsraum des Theaters. Er führt in

seiner Jason-Gestalt aus, wie nichtig die Positionen im Krieg sind, wie grausam konsequent die mechanische Logik des Krieges auf alle Beteiligten zurückfällt, auch auf die imaginären Zuschauer.
Die kleine Meta schillert vielfältig in ihren symbolischen Bedeutungen und scheint für Werner Fritsch der eigentliche Anlaß des Stücks *Hydra Krieg* zu sein. Weltgefahr bedroht das intime Familienleben nicht nur Jasons. Seine Verantwortung, den »finalen Terrorakt« zu verhindern, ergreift er für Meta, denn ihre Zukunft ist es, die elementar bedroht ist. Die kleine Meta, die ihrem Vater nicht nur buchstäblich, sondern tatsächlich auf den Rükken steigt, bietet ein einfaches und treffendes Bild für das Jetzt, das eine Zukunft verlangt. *Hydra Krieg* ist damit ein Alptraum, in dem diese Zukunft im Crash zerbricht, ein Alptraum, aus dem es ein Erwachen gibt und damit auch die Hoffnung, eine andere Wirklichkeit schöpferisch zu erleben.

»Hydra Krieg«, Landestheater Linz, 18. Oktober 2003
Nicole Coulibaly, Alexander Swoboda und Käthe Reichel

Bis die Zeichen erloschen sind

Zu »Hydra Krieg«. Werner Fritsch im Gespräch mit Stefan Pokroppa

Stefan Pokroppa:
»Hydra Krieg« ist ein Stück, daß die Gegenwart an der Vergangenheit bricht und fragend in die Zukunft weist, eine Zukunft, die in den letzten Jahren sehr ungewiß geworden ist. Viele blikken ihr inzwischen mit Angst entgegen. Birgt Ihr Theaterstück bei aller Finsternis einen Rest-Optimismus?

Werner Fritsch:
Unbedingt! Krieg ist ein Krebsgeschwür unserer Gesellschaft, das ständig neue Metastasen bildet. Es nicht sehen zu wollen hieße für mich, alle Hoffnung fahren zu lassen. Ihm ins Auge zu sehen heißt für mich, von der Vision erfüllt zu sein, das Zerstörerische durch das Schöpferische in uns zu bannen.

Ihr Stück ist im Krebsgang geschrieben, als »Krebs« komponiert. Stellen Sie der Gesellschaft die Diagnose durch die Form?

Eductio formarum ex materia, sagt schon Averroes: Die Formen gehen einzig aus dem Stoff hervor.
Wollen wir den Chamäleon-Charakter einer immer rascher immer proteischer werdenden Welt überhaupt noch künstlerisch erfassen, müssen wir ständig neue Formen erfinden. Das gilt für die Makrostruktur, die Dramaturgie eines Stückes ebenso wie für die Mikrostruktur eines jeden Satzes.

Metas Gedicht »Ich bin die Sonne« ist ein himmlischer Text. Ist die kleine Meta in dem Stück nicht eigentlicher Anlaß für Jason, das Goldene Vlies zu suchen, so wie für Sie Ihre Tochter Johanna eigentlicher Anlaß ist, ein Stück wie »Hydra Krieg« zu schreiben?

In der Tat: »Ich bin die Sonne« stammt von der damals vierjährigen Johanna – und ist ein heiliger Text.

Nach meinem Aufsatz *Unbesiegbar im Morgengrauen* (Der Spiegel 4/98) meldete sich der ehemalige Produzent Fassbinders, der soeben die Rechte für Jüngers *In Stahlgewittern* erworben hatte, und fragte, ob ich Lust hätte, das Buch für Francis Ford Coppola zu dramatisieren.
Coppola sprang dann ab, Oliver Stone kam als Regisseur auf den Plan. Schließlich Werner Herzog. Da ich auch Filme mache und dem – nota bene – frühen Herzog wichtige Eindrücke verdanke, schrieb ich ihm, daß ich gern bereit bin, einen Film zu machen, der das Wesen des Krieges – ohne Scheuklappen – erfaßt, aber der doch so sein müsse, daß er meiner soeben geborenen Tochter Johanna irgendwann dieses unselige Phänomen erklärt. Daraufhin erhielt ich keine Antwort mehr.
Hydra Krieg ist für mich der Versuch, dieses Übel zu bannen – ohne Rücksicht auf Hollywood.

Warum war es für dieses Stück ausgerechnet der Jason-Medea-Komplex aus der griechischen Mythologie, der Sie interessiert hat?

Ich wollte immer schon – um zu zeigen, daß sich im Grunde nichts geändert hat seit nahezu 3000 Jahren – ein Stück schreiben, das sich auf Homers *Ilias* bezieht. *Fleischwolf* sollte eine Art Mammutstück über Krieg und Theater werden: Im Trojanischen Krieg sind ja viele Analogien zum heutigen Krieg. Nicht nur Schmerz und Tod. Über allem ist für Homer die Allgegenwart der Götter, die genauso wie unsere allermodernste und allesmordende Kriegstechnologie von oben eingreift ins Kampfgeschehen. Kostüm/Uniform, Maske/Gasmaske, Manöver als Generalproben, daß es zu keiner Uraufführung kommt etc. – all dies ist hochtheatralisch. Sinnigerweise spricht man in Amerika vom *war theatre*. Als dann Paul Virilos Buch über Krieg und Kino erschien, war dies eine Bestätigung, die man auch leicht auf Krieg und Theater hätte transferieren können.
1984 hab ich sogar versucht, eine erste Fassung des fünfaktigen *Fleischwolf* in Weiden uraufzuführen. Das Stück wurde aber vom dortigen Bürgermeister abgesetzt. Nun, einige Kritiker wie Helmut Schödel oder Benedikt Erenz, die das Stück in der fünfaktigen 84er Fassung gelesen hatten, waren immerhin angetan.

»Theater heute« bekundete Interesse, es abzudrucken. Aber ich hatte das Gefühl, daß es noch nicht weit genug war.
1985 beließ ich es dann bei den Rahmen-Akten I und V, dem mutatis mutandis jetzigen *Fleischwolf*. Und ich habe ja wahrlich lang genug warten müssen – 7 Jahre! –, bis allein diese Fassung aufgeführt wurde. Das Mammutstück weiter zu forcieren wäre Wahnsinn gewesen – ohne Regisseur oder Theater an der Seite.
Auch bei *Hydra Krieg* habe ich lange über *Ilias*-Bezüge nachgedacht; auch darüber, daß das wohl älteste uns zur Gänze erhaltene Theaterstück, *Die Perser* des Aischylos, schon den Krieg zum Thema hat... Aber den Ausschlag für den Jason-Medea-Komplex gab dann der Umstand, daß Orpheus zusammen mit Jason, Herakles und den Argonauten auf der Argo war.

Die Veröffentlichung Ihres Artikels über Pier Paolo Pasolini fällt in die Zeit Ihrer Arbeit an »Hydra Krieg«. Was bedeutet Pasolini für Sie?

Pasolini ist ein ganz großer Anreger. Er hat fast nichts Perfektes hinterlassen, aber jede seiner Skizzen ist lebendiger und zukunftszeugender als die heutigen »vollendeten Meisterwerke« aus dem Mahlstrom des Mainstreams. Auch beneide ich Pasolini darum, daß er Filme machen konnte, die rauh, wild und poetisch waren. Er konnte es sich sogar leisten, Skizzen-Filme zu machen, wie seine *Appunti per un orestiade africana*, im Grunde nur ein Notizbuch auf Zelluloid. 1987, als in den meisten Haushalten nur drei TV-Kanäle zu empfangen waren, konnte ich als vollkommen Unbekannter einen Film über einen vollkommen Unbekannten, nämlich den Bauernknecht Wenzel, drehen, der in die Kinos kam und zur besten Sendezeit am Allerseelen-Sonntag 1990 im Fernsehen ausgestrahlt wurde. Eine Million Zuschauer, wurde mir gesagt, tolle Kritiken, begeisterte Zuschauerzuschriften. 1997, als allüberall über 30 Kanäle zu empfangen waren, konnte ich als nicht mehr ganz Unbekannter über Deutschlands bekannteste Dichterin, die jedem durch ihr Konterfei auf dem 20-Markschein bekannte Droste, die 1997 ihren 200. Geburtstag und 1998 ihren 150. Todestag hatte, einzig und allein mit Unterstützung des Literaturbüros Detmold nur mehr einen halbstündigen Film drehen, der weder im Fernsehen gezeigt wurde, ge-

schweige in die Kinos kam. Das also ist die vielgepriesene Vielfalt, die in Wirklichkeit nichts ist als 30fache Einfalt. Und in Italien haben wir nun statt Pasolini: Berlusconi.
Apropos Krieg: Einer der klügsten Filme zum Thema Krieg überhaupt, in bester Brechtscher Tradition, dabei viel klüger, subtiler und witziger: *Les Carabiniers* von Jean-Luc Godard wurde jüngst vom ZDF nachts um 1 Uhr 50 ausgestrahlt.
Nachts um 1 Uhr 50! Während sich zur Prime Time Wartainment und Tittytainment die Waage halten. Soviel zum Stand der Aufklärung in Deutschland!
Und für soviel Feigheit soll man noch Fernsehsteuern zahlen! Wie wichtig wird da Theater wieder!

Krieg ist ein durchgehendes Thema Ihres Werks. »Steinbruch«, »Fleischwolf« und »Hydra Krieg« scheinen eine Trilogie zu bilden. Zwei verschiedene Aspekte unterliegen da einer Entwicklung: erstens Ihre Behandlung des Themas Krieg, Gewalt und Tod und zweitens die real-geschichtliche Entwicklung des Themas selbst. Hebt »Hydra Krieg« die Vorgänger gewissermaßen auf, weil Krieg sich von einer gefährlichen Möglichkeit immer mehr zur Tatsache wendet?

Nach der unglücklichen Uraufführung von *Fleischwolf* glaubte ich: jetzt habe ich meine »demokratische Meldepflicht« erfüllt – und vielleicht ist nach dem Fall des Eisernen Vorhangs ja das *war theatre* in der Tat tot ...
2001 war ich in China und filmte die Yangtse-Durchbrüche, die ja jetzt in diesem unseligen Staudamm untergehen. Irgendwann im Hotel, also am 11. September, sagte mein Tonmann, er möchte kurz CNN sehen ... Und ich, in ein Buch mit Lyrik von Sung Yü vertieft, der eine Schneeflocke, die vor 2800 Jahren in China gefallen war, so lebendig beschrieben hatte, daß sie am 11. September 2001 noch auf der Seite meines Buches schmolz, winkte ab: Laß doch den Fernseher aus!
Und zack: Wir sahen, wahrscheinlich in Realzeit – weil während es in China Abend war, war es in Amerika Vormittag – das Aufprallen des zweiten Flugzeugs im zweiten Turm. Ein Event, der als Endlos-Schleife um die Welt ging. Im Hotel-Korridor trompetete ein amerikanischer Tourist in sein Handy: »There will be

a war.« Da war mir klar, daß ich doch noch einmal über Krieg schreiben muß, quasi gezwungen von der Weltgeschichte.

In »Fleischwolf« war es auffällig, wie die Brutalität in der Sprache lag, nicht aber auf der Bühne. In »Hydra Krieg« gibt es ebenfalls etliche verbale Darstellungen grauenhafter Kriegserlebnisse. Zusätzlich aber fliegen die Argonauten auch tatsächlich in die Luft. Ein Abgesang auf den Konjunktiv der Vorgänger? Wie verhält es sich in »Hydra Krieg« mit Stichworten wie: »Mauerschau«, »Botenbericht«, »Theater des Kopfs«?

Ich denke, daß diese drei Stichworte auch in hohem Maße in *Hydra Krieg* beherzigt werden – heutigentags sind ja Regieanweisungen letztlich metaphorisch. Meinen Studenten, die Szenisches Schreiben belegt haben, sage ich immer: Wenn Sie wollen, daß irgend etwas auf der Bühne garantiert nicht gemacht wird, dann müssen Sie es in die Regieanweisungen schreiben!
Der Regisseur Gerhard Willert hat für *Schwejk?* allerdings eine lustige, eine listige Lösung gefunden: Er hat die Regieanweisungen einfach laut vorlesen lassen.

Wenn der Krieg »der eigene Abgang eingeschrieben im Codex des Genoms« ist, wie Jason befürchtet, erübrigt sich da nicht die Diskussion um eine medial mattgesetzte Moral? Genau wie Aisons Bezeichnung »Krieg als Spiegel der Schöpfung« impliziert das eine schicksalhafte Zwangsläufigkeit des Untergangs. Schöpfung und Apokalypse scheinen nun einmal menschliches Fatum zu sein. Wie gehen Sie in »Hydra Krieg« mit dieser Einschätzung um?

Seit ich Hermann Hesse las oder Solschenizyn mit dreizehn, vierzehn, ist für mich klar, daß ich gegen Krieg bin. Was Bob Dylan in *Masters of war* singt, hat für mich heute noch ungebrochen Gültigkeit: »I can see through your masks/ You that never done nothin'/But build to destroy/You play with my world/Like it's your little toy... Let me ask you one question/ Is your money that good/Will it buy you forgiveness...«

Trotzdem: Man kann nicht als Schriftsteller die Geschichte, die Welt und die menschliche Natur erkennen, wenn man das Thema Krieg ausblendet.

Die Chor-Passagen der Argonauten bzw. Gotteskrieger wirken sehr authentisch.

In meiner Heimat liegt, Fundgrube für *Fleischwolf*, die Garnisonsstadt Grafenwöhr. Dort habe ich mit vielen »Vietnam-Fighters« gesprochen, ich habe dort mit Fremdenlegionären gesprochen, und auf dem Dorf mit Landsern zuhauf. Auch hat meine Frau Uta Ackermann zwei Hörspiele geschrieben, *Das Blut der Distel* und *Das Rauschen von Nußbaumblättern im Ohr*, wo sie sich auf noch einmal ganz andere Weise mit Krieg – konkret: dem Krieg im Kaukasus – auseinandersetzt. Uta ist des Russischen mächtig, und wir haben zusammen in Rußland seit 1990 mit Veteranen des Großen Krieges, mit russischen Soldaten, die in Afghanistan oder Tschetschenien waren, aber auch mit Tschetschenen gesprochen. Außerdem konsultiert man als Autor heutigentags nolens volens das Internet, wo Kämpfer aller Couleur ihre Kriegserlebnisse ausbreiten, oder man schaut ins eine oder andere Sachbuch.

»Das Erleben dieses Krieges ist nur mit einem Liebesabenteuer zu vergleichen...«, sagt ein Gotteskrieger aus dem Jenseits zu Jonas. Und die Argonauten sprechen im Chor: »Die Nähe des Todes stellt jede Droge in den Schatten.« – Es ist ein gefährliches Terrain, die Faszination, die das Morden ausübt, sollte aber gerade deshalb nicht verschwiegen werden. Was ist das für ein mörderischer Rauschzustand, der solche Aussagen produziert?

Ich habe bei den langjährigen Gesprächen herausgehört, daß, wenn die Leute in diesen Rausch-Zustand kommen, keine Filter mehr vorhanden sind, auch unsere zivilisatorischen Masken und demokratischen Fähnchen reißt uns dieser Tornado für die Seele fort im Nu. Und ich bin in meiner Selbsterkenntnis so weit, daß ich sage, die Kruste unserer Zivilisation ist eine so dünne, daß man nur hoffen kann, die Zeit verschont uns davor, in diese Regionen des eigenen Versagens hinabsteigen zu müssen. Alles Reden über den Krieg um uns hat keinen Sinn, wenn wir nicht die potentiellen Kriegsherde in uns kennen.

»Hydra Krieg«, Landestheater Linz, 18. Oktober 2003
Nicole Coulibaly und Alexander Swoboda

Werner Fritsch

1960 in Waldsassen/Oberpfalz geboren. In den Jahren 1980 bis 1984 widmete er sich als Autor, Regisseur und Darsteller dem Aktionstheater/Performances. 1987 erscheint sein Roman CHERUBIM, der mit großer Aufmerksamkeit und Preisen bedacht wird. Seitdem zahlreiche Prosaveröffentlichungen, Theaterstücke, Hörspiele und Filme.
Werner Fritsch lebt zur Zeit in Hendelmühl und Berlin.

Buchveröffentlichungen:
CHERUBIM. Roman. Frankfurt/M. 1987
STEINBRUCH. Frankfurt/M. 1989
FLEISCHWOLF. Gefecht. Frankfurt/M. 1992
SENSE. Frankfurt/M. 1992
DAS SIND DIE GEWITTER IN DER NATUR. Filmbuch. Stuttgart 1992
STECHAPFEL. Legende. Frankfurt/M. 1995
ES GIBT KEINE SÜNDE IM SÜDEN DES HERZENS – HÖLLENSTURZ
in Spectaculum 64, Frankfurt/M. 1997
BÖHMEN: EIN LITERARISCHES PORTRÄT (mit Uta Ackermann), Frankfurt/M. 1998
DER DISTEL MYSTISCHE ROSE: Gedichte und Prosa von Annette von Droste-Hülshoff, ausgewählt von Werner Fritsch, Frankfurt/M. 1998
ES GIBT KEINE SÜNDE IM SÜDEN DES HERZENS – Stücke, Frankfurt/M. 1998
JENSEITS, Frankfurt/M. 2000
DIE LUSTIGEN WEIBER VON WIESAU – Stück und Materialien, Frankfurt/M. 2000
ALLER SEELEN. GOLGATHA – Stücke und Materialien, Frankfurt/M. 2000
CHROMA/EULEN:SPIEGEL – Stücke und Materialien, Frankfurt/M. 2002
ANNETTE VON DROSTE-HÜLSHOFF: LIEBESGEDICHTE. Ausgewählt von Werner Fritsch. Frankfurt/M.: Insel 2002.

Weitere Veröffentlichungen:

DER RUMÄNENBINDER, in: Literatur im Kreienhoop 1984, Hrsg.: Manfred Dirks u. a., München und Hamburg 1985

DAS WERNERL, in: Klagenfurter Texte 1987, Hrsg.: Heinz Fellbach u. a., München 1987
in: Wiedemann, ÜBERALL BRENNT EIN SCHÖNES LICHT, Passau 1993

Beitrag in: Wolff, DAS GROSSE BUCH DER ENGEL, Freiburg 1994

Abdruck des Anfangs von ISIS in: LESEN IM BUCH DER EDITION SUHRKAMP, Frankfurt/M. 1995

DIE IRRLICHTER IRGENDMAL AN DER WONDREB, in: Ettl/Grill, OBERPFALZ, Viechtach 1995

Auszüge aus CHERUBIM, in: Döring, ETWAS, DAS ZÄHLT. Deutschsprachige Literatur der Achtziger Jahre, Gütersloh 1996

ZEICHEN UND WUNDEN, in: Böhme/Schweikert: ARCHAISCHE MODERNE, Stuttgart 1996

MARIA MORPHIUM und AUF DEM BERG DER TOTEN, in Uta Ackermann: JOHANN KRESNIK UND SEIN CHOREOGRAPHISCHES THEATER, Berlin 1999

WONDREB-VARIATIONEN (Auszug), in: Jahrbuch der Lyrik 2002. Hrsg. von Christoph Buchwald und Adolf Endler. München: C. H. Beck 2001. S. 83.

IM FARADAYKÄFIG DES JETZT, in: Jahrbuch der Lyrik 2004. Hrsg. von Michael Krüger. München: C. H. Beck 2004. S. 91 ff.

UNBESIEGBAR IM MORGENGRAUEN. ERFAHRUNGEN EINES THEATERAUTORS MIT DER BUNDESWEHR, in: Der Spiegel v. 19. 1. 1998 (Auch in: Deutsche Literatur 1998. Jahresrückblick. Hrsg. von Volker Hage, Rainer Moritz und Hubert Winkels. Stuttgart: Reclam 1999.)

POETIK DER FERNE – EIN UNZERSTÖRBARES MOMENT VON SEELE, in: Stefan Pokroppa: Sprache jenseits von Sprache. Bielefeld: Aisthesis 2003.

Theaterstücke:

STEINBRUCH (1983)
Szenische Lesung beim Stückemarkt des Berliner Theatertreffens 1990
UA: Nationaltheater Mannheim, 25. 3. 2000
Regie: Patrick Schimanski
Eingeladen zu den 25. Mülheimer Theatertagen 2000

JETZT – HINABGESTIEGEN IN DAS REICH DER TOTEN (1992)
UA: Württembergische Landesbühne Esslingen, 4. 4. 1992, Regie: André Turnheim

FLEISCHWOLF Gefecht (1992)
UA: Schauspiel Bonn, 27. 9. 1992
Regie: Jaroslav Chundela

SENSE (1992)
Szenische Lesung beim Stückemarkt des Berliner Theatertreffens 1992
UA: Schauspiel Bonn, 9. 10. 1993
Regie: Werner Fritsch

GRÜNDGENS (1995)
UA: Deutsches Schauspielhaus Hamburg, 1. 4. 1995/Volksbühne Berlin, 4. 5. 1995, Regie und Choreographie: Johann Kresnik, TV-Ausstrahlung am 14. 12. 1995

ISIS Libretto (1996), Musik: Jeff Beer
UA: Tage der Zeitgenössischen Musik, Theaterhaus Stuttgart, 26. 2. 1996
Regie: Hans-Werner Kroesinger

WONDREBER TOTENTANZ (1995)
UA: Staatstheater Darmstadt, 17. 1. 1998
Regie: Thomas Krupa

ES GIBT KEINE SÜNDE IM SÜDEN DES HERZENS. Höllensturz (1993)
UA: Staatstheater Darmstadt, 12. 12. 1998
Regie: Thomas Krupa

CHERUBIM Monolog (1998)
UA: Nationaltheater Mannheim, 20. 12. 1998
Regie: Christoph Biermeier

JOSEPH SÜSS (zusammen mit Uta Ackermann) (1998)
Libretto für eine Oper von Detlev Glanert

UA: Bremer Theater 13. 10. 1999
Regie: Tilman Knabe
DIE LUSTIGEN WEIBER VON WIESAU (1999)
UA: Deutsches Theater Berlin, 30. 1. 2000
Regie: Thomas Langhoff
ALLER SEELEN (2000)
UA: Thalia Theater Hamburg, 15. 4. 2000
Regie: Johann Kresnik
CHROMA. FARBENLEHRE FÜR CHAMÄLEONS (2000)
UA: Staatstheater Darmstadt, 2. 9. 2000 auf der Expo in Hannover
Regie: Thomas Krupa
Die Darmstädter Inszenierung von *Chroma* wurde zum 38. Berliner Theatertreffen 2001 geladen.
Die Fernseh-Aufzeichnung von CHROMA durch ZDF/3Sat wurde am 27. 10. 2001 ausgestrahlt.
EULEN:SPIEGEL (2001)
UA: Staatstheater Braunschweig, 6. 1. 2002
Regie: Ernst M. Binder
NICO – SPHINX AUS EIS (2001)
UA: Staatstheater Darmstadt, 8. 1. 2002
Regie: Thomas Krupa
SCHWEJK? (2002)
UA: Landestheater Linz, 14. 2. 2003
Regie: Gerhard Willert
SUPERMARKT (Werner Fritsch/Uta Ackermann)
UA: Landestheater Schwaben in Memmingen, 12. 3. 2003
Regie: Peter Kesten/Walter Weyers
JENSEITS – Musiktheater
UA: Oper Bonn, Musik: Zeena Parkins und Elliott Sharp, 26. 9. 2003
Regie: Thomas Krupa
HYDRA KRIEG (2002)
UA: Landestheater Linz am 18. 10. 2003
Regie: Gerhard Willert.
FAST LESSING (2003)
UA: Staatstheater Braunschweig am 22. 1. 2004
HEILIG HEILIG HEILIG (2003)
UA: Theater Bielefeld im Januar 2004
Regie: Patrick Schimanski

BACH
Traumspiel (2003)
UA: Staatstheater Darmstadt am 21.2.2004
Regie: Heinz Kreidl
ENIGMA EMMY GÖRING ODER DIE SCHOKOLADENSEITEN UNSERER GESCHICHTE (2003)
UA: Staatstheater Darmstadt am 22.2.2004
Regie: Werner Fritsch
JENSEITS – Monolog
UA: Theater am Neumarkt, Zürich am 5.3.2004
Regie: Christian Pade

Hörspiele:
JETZT – HINABGESTIEGEN IN DAS REICH DER TOTEN (1983)
Produziert vom Süddeutschen Rundfunk Stuttgart 1989
Regie: Norbert Schaeffer
STEINBRUCH (1983)
Produziert vom Süddeutschen Rundfunk Stuttgart 1990
Regie: Norbert Schaeffer
SENSE (1991)
Produziert vom Südwestfunk Baden-Baden 1992
Regie: Norbert Schaeffer
ISIDOR ISIDOR (1993)
Produziert vom Südwestfunk Baden-Baden 1994
Regie: Norbert Schaeffer
CHERUBIM (1998)
Produziert vom Südwestrundfunk Baden-Baden 1998
Regie: Norbert Schaeffer
SERAPHIM (1998)
Produziert vom Südwestrundfunk Baden-Baden 1998
Regie: Norbert Schaeffer
JENSEITS (1999)
Produziert vom Südwestrundfunk Baden-Baden 2000
Regie: Norbert Schaeffer
IM FARADAYKÄFIG DES JETZT
Kurzhörspiel, produziert vom Hörverlag München
Regie: Werner Fritsch

DAS RAD DES GLÜCKS
Produziert vom Südwestrundfunk Baden-Baden 2003
Regie: Norbert Schaeffer
NICO. SPHINX AUS EIS
Produziert vom Hessischen Rundfunk und vom Südwestrundfunk Baden-Baden 2003
Regie: Werner Fritsch

Hörbücher:
CHERUBIM
Der Hörverlag München 2002
SENSE
Der Hörverlag München 2004
JENSEITS
Der Hörverlag München 2004

Filme:
DAS SIND DIE GEWITTER IN DER NATUR (1988)
16 mm-Film, 82 Min., gefördert mit den Mitteln des Kuratoriums Junger Deutscher Film und des Bayerischen Rundfunks
Kinostart: 8. 12. 1988, TV-Ausstrahlung: 4. 12. 1990
AUGE IN AUG – VOLL TOTEN LICHTS: DISTELN FÜR DIE DROSTE 37 Min. (1997)
LABYRINTH 12 Min. (1999)
CHROMA FAUST PASSION, 22 Min. (2000)
Fragment eines Faustfilms, integraler Bestandteil der CHROMA-Inszenierung von Thomas Krupa und der Fernsehaufzeichnung von CHROMA durch Theo Roos, TV-Ausstrahlung 27. 10. 2001

Preise und Auszeichnungen:
Preis der Weidener Kulturtage 1983
Hinterkirchener Poetenpreis 1984
Robert-Walser-Preis für den Roman CHERUBIM 1987
Preis des Landes Kärnten, vergeben im Rahmen des 11. Ingeborg-Bachmann-Wettbewerbs 1987
Stipendium des Literarischen Colloquiums Berlin 1988
Rauriser Literaturpreis für CHERUBIM 1988

Literaturförderpreis der Stadt München 1989
Dokumentarfilmpreis der SPD beim Dokumentarfilmfestival München 1990
Stipendium der Akademie auf Schloß Solitude, Stuttgart 1991
Hörspielpreis der Kriegsblinden für das Hörspiel SENSE, Produktion des Südwestfunks Baden-Baden, Regie: Norbert Schaeffer, 1993
Einladung der Bonner Inszenierung von SENSE zu den Werkstattagen ins Potsdamer Hans-Otto-Theater sowie zum Festival für Monodrama nach Minsk, Belorus; Preis des Bürgermeisters von Minsk für die Inszenierung von SENSE 1993
Stipendium der Alten Schmiede Wien 1994
Stipendium des Senats von Berlin für STECHAPFEL 1995
Bayerischer Staatsförderpreis für Literatur 1996
Stipendium auf Schloß Wiepersdorf in Brandenburg 1997
Else-Lasker-Schüler-Preis 1997
Kulturförderpreis Ostbayern 1998
Theaterstipendium des Landes Baden-Württemberg 1999
Förderpreis zum Heimito von Doderer Literaturpreis 1999

Bücher zu Werner Fritsch

Anna Opel: SPRACHKÖRPER, Bielefeld 2002
Stefan Pokroppa: SPRACHE JENSEITS VON SPRACHE, Bielefeld 2002
Hans-Jürgen Drescher/Bert Scharpenberg (Hg.): WERNER FRITSCH: HIEROGLYPHEN DES JETZT, Frankfurt 2002

Textnachweis

»Schwejk? Die postmoderne Neuerfindung des barocken Welttheaters. Werner Fritsch im Gespräch mit Gerhard Willert und Franz Huber.«, Theaterzeitung, Landestheater Linz, Februar 2003.

Stefan Pokroppa, »Hydra Krieg: Medea Reloaded«, Originalbeitrag für dieses Buch.

»Bis die Zeichen erloschen sind. Zu *Hydra Krieg*. Werner Fritsch im Gespräch mit Stefan Pokroppa«, Originalbeitrag für dieses Buch.

Bildnachweise

S. 185, *Schwejk?* © Christian Brachwitz
Silvia Glogner als Das Weib, Heiner Take als Der Wenzel und Maxi Blaha als Papagei Cora

S. 204, *Hydra Krieg* © Christian Brachwitz
Nicole Coulibaly als Medea, Alexander Swoboda als Jason/ Jonas und Käthe Reichel als Chor

S. 211, *Hydra Krieg* © Christian Brachwitz
Nicole Coulibaly als Medea, Alexander Swoboda als Jason/ Jonas

edition suhrkamp theater
Stücke und Materialien

Thomas Brasch. LIEBE MACHT TOD.
es 3415. 322 Seiten

Heiko Buhr. Ausstand. es 3407. 96 Seiten

Dirk Dobbrow
- Late Night. Legoland. es 3403. 204 Seiten
- Alina westwärts. Paradies. es 3428. 149 Seiten

Tankred Dorst
- Die Freude am Leben. Kupsch. Mitarbeit Ursula Ehler. es 3409. 120 Seiten
- Othoon. Ein Fragment. Mitarbeit Ursula Ehler. es 3425. 100 Seiten

Werner Fritsch
- Die lustigen Weiber von Wiesau. es 3400. 188 Seiten
- Aller Seelen. Golgatha. es 3402. 144 Seiten
- CHROMA. EULEN:SPIEGEL. es 3419. 201 Seiten

Elmar Goerden. Lessings Traum von Nathan dem Weisen.
es 3424. 100 Seiten

Aischylos. Die Perser. Wiedergegeben von **Durs Grünbein**.
es 3408. 68 Seiten

Véronique Olmi. Der Riß. Letzter Sommer. Magali.
es 3414. 189 Seiten

NF 339/1/8.02

Albert Ostermaier
- Death Valley Junction. es 3401. 112 Seiten
- Erreger. Es ist Zeit. Abriss. es 3421. 111 Seiten
- Letzter Aufruf. 99 Grad. es 3417. 150 Seiten

Ulrich Plenzdorf. Die neuen Leiden des jungen W. und andere Stücke. es 3420. 208 Seiten

Friedrich-Karl Praetorius. Alzheimer Roulette. Die Frauenfalle. es 3406. 156 Seiten

Ekkehard Schall. Meine Schule des Theaters. es 3413. 264 Seiten

Einar Schleef. Totentrompeten 1-4. es 3430. 300 Seiten

Lukas B. Suter. Insel mit Schiffbrüchigen. Die Braut lichterloh. es 3411. 168 Seiten

Peter Turrini
- Ich liebe dieses Land. es 3412. 106 Seiten
- Der Riese vom Steinfeld. es 3426. 106 Seiten
- Da Ponte in Santa Fe. es 3429. 105 Seiten

Robert Wolf
- Kopfäktschn. Im Club der einsamen Herzen. es 3410. 120 Seiten
- Projekt Psi. Frankfurt – New York. es 3422. 120 Seiten

NF 339/2/8.02